LA NOCHE VIGILADA

Bilingual Press/Editorial Bilingüe

General Editor
  Gary D. Keller

Managing Editor
  Karen S. Van Hooft

Associate Editors
  Karen Akins Swartz
  Barbara H. Firoozye

Assistant Editor
  Linda St. George Thurston

Editorial Board
  Juan Goytisolo
  Francisco Jiménez
  Eduardo Rivera
  Mario Vargas Llosa

Address:
  Bilingual Press
  Hispanic Research Center
  Arizona State University
  P.O. Box 872702
  Tempe, Arizona 85287-2702
  (480) 965-3867

LA NOCHE VIGILADA

REINALDO BRAGADO BRETAÑA

Bilingual Press/Editorial Bilingüe

TEMPE, ARIZONA

ISBN 0–927534–87–8

Library of Congress Cataloging-in-Publication Data

Bragado Bretaña, Reinaldo, 1953–
        La noche vigilada / Reinaldo Bragado Bretaña
            p.   cm.
        ISBN 0–927534-87-8 (alk. paper)
            I. Title.

    PQ7390.B69 N63 1999
    863—dc21   99–047322

Printed in the United States of America

Cover/interior design by John Wincek, Aerocraft Charter Art Service
Back cover photo by Pedro Portal

A mi madre

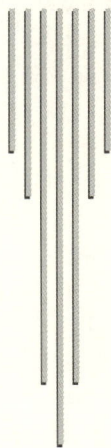

PRIMERA PARTE

LA HABANA

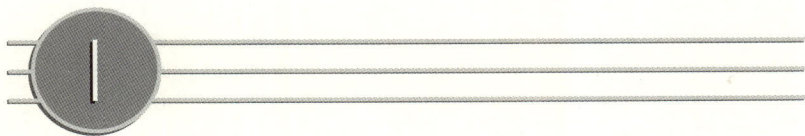

Desde que decidí salir a la calle supe que me esperaba una noche definitiva. Y no me equivoqué.

La Habana, a pesar de la dictadura, es una ciudad hermosa, sobre todo de noche. Yo acostumbro a salir después de las diez, cuando el calor se calma un poco —nunca del todo, maldición o beneficio isleño— y las calles están más vacías, con esporádicos noctámbulos, sobre todo en el tejido de calles y callejones de la Habana Vieja. El pésimo alumbrado con los escasos faroles que funcionan proyectan un juego de sombras, un mapa de fantasmas liberados y dueños de la noche, que hacen del caminar una aventura llena de sentidos ocultos y astrolabios erráticos. Entre las columnas y los adoquines tocados por algún que otro rayo de luz proveniente de las casas, las fachadas dignas y republicanas, y lo que el paseante ponga de su parte, muchas cosas pasan en la madrugada de la noche habanera. También depende del caminante en cuestión y de su sentido para especular con ese material ignoto que produce el movimiento en torno a uno, el uno como centro y el resto como reflejo, primero la conciencia y después la materia o al revés. La vida, así de simple, es percibida de distintas maneras y, de acuerdo al observador, un naufragio puede ser un festín de alegría o un entierro en el olvido, un monótono fluir de tiempo estancado o un vertiginoso tornado como los que ha conocido la isla desde los tiempos de los piratas . . . y mucho antes.

Es una rutina caminar hasta la Plaza de la Catedral, el Parque Central —con su José Martí al centro y su clavo de oro— o por algunos tramos del Malecón y buscar a los primeros abandonados de la noche que se pasean por las callejuelas entre columnas y sobre adoquines. Las zonas donde se puede encontrar a personas interesantes siempre son las mismas. El barrio del Vedado queda a unos veinte minutos en ómnibus y su arrogancia de capitalismo vencido se identifica con el semblante de los que a esa hora comienzan su vida, también vencidos. El capitalismo, al igual que la libertad, es nocturno. Todos los que deambulan sin rumbo por La Rampa, por las calles 12 o L, sin saberlo, son cómplices de un pasado que saben perdido, al menos para ellos, y es desgarradora la intensa búsqueda que hacen fuera de sí mismos para encontrar una sola, aunque fuera una sola razón de ser en medio del caos. Ese pasado sabe que sus adoradores noctámbulos también están perdidos en su dicotomía individual, en su falta de brújula y su consistencia chapada a la antigua o a lo por venir, pero nunca al presente. La materia primero y después la conciencia . . . o al revés.

Los sitios de más corrupción —por utilizar algún calificativo— son conocidos por los expertos. Yo soy uno de ellos desde antes de caer preso. Las tentaciones existen y los peligros también, variados y múltiples, coloridos. Pero es una perfecta liberación salir de noche a caminar y a comenzar la vida hasta que amanezca mientras el resto de la población marcha hacia sus rutinas laborales en contra de su voluntad. También es un desafío que puede terminar en la prisión. La policía está a la caza de esas minúsculas piezas que se niegan a ser tratados como cerdos por un régimen totalitario que, según algunos, es la democracia del pueblo. Al igual que yo, mis mejores amigos son profesionales del estar en contra. Yo llevo la marca —en mi mente, en mi cuerpo y en mi carné de identidad— de una prisión por causas políticas. Soy un perfecto candidato a una segunda condena. Mis amigos juegan en mi equipo y todos sabemos lo que hacemos y lo que nos puede costar. Pero el hombre es profundamente terco y no vacila en hacerse daño, y ser libre en La Habana es buscar desesperadamente una condena por díscolo y desviado y, con un poco de mala suerte, por el peor de todos los delitos: atentar contra los poderes del estado.

Se trata del año 1986 y ya han pasado seis años desde que casi la totalidad de mis amigos abandonaron el país por el éxodo que se produjo desde el puerto del Mariel, en la costa norte de Cuba, hacia los Estados Unidos, con un drenaje de unos ciento veinticinco mil cubanos constituyendo el éxodo masivo más grande en tan corto tiempo después del bíblico de Moisés. En esos días de festín en fuga yo estaba en prisión y las autoridades —como a todos los presos políticos— no me permitieron ser un pasajero de los ansiados botes que iban cargados de hombres rotos hacia La Florida en busca de algún sosiego, lejos de la noche vigilada de La Habana. Cuando salí de la prisión en 1981 no conocía a nadie en la ciudad, salvo unos pocos que no eran mis íntimos.

En cada centro nocturno, en cada rincón perdido de cualquier parque o plaza, sólo encontraba rostros que nada me decían, que no me conocían y que me miraban con recelo como si yo nunca hubiera sido parte del escenario nocturno capitalino. Era, hasta cierto punto, un insulto para un noctámbulo profesional como yo. Y a veces me lo tomaba muy en serio. Pero tuve que reconocer que los tiempos cambian y que los amantes de la noche —los que yo conocía— se habían marchado a tiempo o en su tiempo dejándome solo y en ese momento, tal vez, caminaban la noche de otro país: me sentía unido a ellos mirando al cielo. A mí me seguía tocando la misma madrugada geográfica sin posibilidad de mudanza en el horizonte. Por suerte siempre alguien queda, y para el buen necesitado basta un eslabón para halar el resto de la cadena que conduce a la compañía de lo peor que, en el caso de la noche habanera, es lo mejor de la nación que tiene, a pesar de todo, escudo, himno nacional y bandera. Algunos exagerados agregan que también tiene una constitución, pero eso está por verse.

A las diez y media estaba sentado en los portales del restaurante El Patio —antiguo palacio propiedad del Conde de Aguas Dulces— enclavado en la Plaza de la Catedral, tomando un té. Era para lo único que me alcanzaba el dinero. El empaque colonial del conjunto arquitectónico es impresionante. Cuando llueve y el agua rueda por las piedras del frontispicio de la Catedral es difícil saber en qué siglo se vive. Los adoquines brillan y van de acera a acera, uniendo los antiguos palacios que circundan la Plaza y la encierran en un espacio casi fortificado a fuerza cantería y arquitectura contra los avances del tiempo. Los campanarios dominan el ambiente en presagio definitivo, como asegurando con su ascenso que nadie, al menos en ese sitio, podrá superarlos. Los balcones, llenos de medios puntos coloniales, sonríen con sus persianas de madera y sus macetas llenas de helechos colgando de los guardavecinos: es uno de los lugares más bellos de La Habana. Y a ese refugio de elegancia y prosapia enjundiosa acuden, como atraídos por un llamado secreto e inaudible para los no iniciados, aquéllos que no quieren saber nada de lo que les ha tocado, los que se niegan a dejar de vivir o a vivir bajo el compás que marca otro. Es lo de siempre, lo que todos, en todas partes del planeta, han experimentado. Lo que sucede es que las experiencias ajenas no valen y las propias hay que pagarlas muy caras con un tipo de moneda que nadie se ha atrevido a definir con exactitud.

Yo estaba con mi té y mi cigarro, y las mesas me rodeaban llenas de gente joven, alegres y cómplices de la rebeldía anónima, que se reconocen entre ellos por sus hábitos en el vestir, sus peinados —casi siempre pelo largo (los Beatles llegaron a Cuba clandestinamente y se quedaron)— y la evidente marca invisible en el rostro que sólo ellos reconocen. Había algunos, hombres y mujeres, con trazas de ser jineteros —palabra que designa a los que se acuestan con extranjeros buscando el ansiado dólar o el escape del país gracias a una invitación al exterior o a una boda arreglada— otros homosexuales, más o menos discretos, otros estudiantes, pero todos igualados por la mirada que sabe, de una sola ojeada, que tú eres de ellos y ellos tuyos y que todos buscan que la noche los ampare de tanta desolación y vigilancia.

Me gusta el restaurante El Patio porque es un lugar de reunión para snobs y aspirantes a intelectuales y artistas. Hay de todo en esas mesas que se llenan noche tras noche con más o menos la misma tropa de despistados. Pintores, escritores, novelistas, muchos, muchísimos poetas, y hasta algún que otro filósofo con aspiraciones de comprender la realidad y la intolerable manía de querer explicársela a los demás.

Esa noche, por desgracia para mí, me vinculé de nuevo a los que viven de la madrugada habanera y mi presentimiento comenzó a cumplirse. Fue sencillo. Debido a que las mesas siempre están llenas y una larga fila espera para ocupar la que se vacía, los que como yo están solos en una mesa de cuatro sillas son abordados por los aspirantes a clientes. Así se me acercó un trío singular. Dos jóvenes y una muchacha. Ninguno pasaba de los veinte años. El más alto de los dos me pidió permiso para sentarse a mi mesa con sus amigos. Los otros sonreían esperando mi aprobación como si yo fuera el dueño del restaurante. Por supuesto que les dije que sí. Era justamente lo que quería. Después comencé a preocuparme. El más alto se presentó como Johnny —omitió su apellido y el Johnny de seguro no era más que una máscara para el Juan que le pusieron sus padres al bautizarlo— y señaló hacia sus acompañantes:

—Lourdes y Raúl.

—Yo soy Alberto —sonreí y les indiqué las sillas.

Se sentaron aliviados y pusieron sus cosas sobre la mesa.

Lourdes tenía un libro forrado en papel carmelita, muy usado. No me atreví a preguntar por el título. El pelo, rizado, le caía en cascada sobre los hombros y de inmediato recordé a una cantante brasilera de samba. Despedía erotismo desde la cabeza hasta los pies. El vestido a cuadros, de tela ligera y algo transparente, ayudaba a la sensación de paseo por el Paraíso en la Tierra. Calzaba sandalias y en la muñeca derecha tenía al menos seis pulsos de diferentes materiales incluyendo plata, cuero y cobre. Hubiera dado cualquier cosa porque un espíritu travieso la despojara de sus ropas allí mismo. El rasgo que distinguía a Johnny era su pelo lacio, largo y partido al medio a la usanza de John Lennon. Era evidente que le gustaba parecerse al difunto ex Beatle. Sólo le faltaban las gafas redondas y, claro está, ser tan buen músico como el británico. Vestía mezclilla y mocasines negros. Tenía una pequeña cartera de piel y varias plumas en el bolsillo de la camisa. Raúl tenía aspecto enfermizo, por el contrario de Johnny, y todo él parecía un buque desarbolado. Sus dedos eran tan largos que parecía tener un pulpo en cada muñeca. Pullover blanco, muy grande para él, pantalón negro y botas altas. Un verdadero espectáculo. Llevaba un fajo de papeles presillados, tamaño carta, y fue muy cuidadoso al ponerlo sobre la mesa fijándose bien en que no estuviera mojado el mármol.

—Es mi novela —dijo justificando su meticulosidad—. Es la única copia que tengo.

Lourdes sonrió y Johnny intervino:

—Raúl escribe. Ella es poeta —al decirlo parecía que se trataba de Lennon presentando a sus músicos en un concierto en el Madison Square Garden.

—Él también —agregó Lourdes señalando a Johnny y haciendo sonar los pulsos—. Pero es muy tímido y nunca lee sus cosas a pesar de que son excelentes. Muchos creen que es el mejor poeta de su generación. Yo no lo pongo en duda.

Cerró la frase con una expresión que no estuve seguro en ese momento de su significado, si se trataba de una carcajada o alguna otra cosa. Sus pupilas dilatadas me indicaron que algo le sucedía. También hizo gestos rápidos, muy rápidos, sin ninguna relación con la lentitud de otros movimientos suyos que parecían propios de la corte inglesa.

Así que, sin buscarlo, me encontraba tomando té rodeado de intelectuales de veinte años. La noche prometía, al menos, una conversación inesperada. Pero después comprobé que prometía mucho más y apuntaba hacia mi presentimiento.

Cuando el camarero se acercó —cincuentón, pelo negro y lacio peinado hacia atrás, una de las incontables falsificaciones de Rick en *Casablanca*—, ellos también pidieron té y, al ver mi taza vacía, me invitaron a repetir y yo acepté de inmediato.

—¿Y tú escribes? —me preguntó Johnny cuando el camarero se había alejado, arreglándose el pelo con las dos palmas en gesto que después supe constituía un tic nervioso.

—No —respondí.

—¿No? —exclamó Lourdes como si lo más normal del mundo fuera que las personas escribieran libros.

—No —repetí.

—¿Ni poesía? —preguntó Raúl en el paroxismo del asombro.

—Tampoco.

Me miraron como si yo fuera un extraterrestre escapado de alguna nave y poco faltó para que preguntaran cuál era mi planeta de procedencia. Era lógico en un ambiente como el de El Patio: todo el que tomara té allí era un artista o un intelectual o estaba en vías de serlo. Para calmarlos les expliqué que sí, que yo había escrito, pero que ya no lo hacía, habían pasado muchos años desde que abandoné la manía. La explicación sólo empeoró las cosas y en ese momento me preguntaron la edad.

—Cuatrocientos treinta años —respondí.

—¿El Conde de Saint German? —preguntó Raúl en demostración de conocimientos del mundo esotérico.

—No: sencillamente Alberto —dije con modestia.

Aproveché para saber que los tres tenían venticuatro años y, sin pedirlo, me dijeron que Lourdes era Acuario, que Raúl estaba auspiciado por Géminis y que Johnny pertenecía a Virgo. Eran toda una constelación.

—Sagitario —informé como correspondía a un ducho en astrología, o al menos a alguien que debe, por moda, pretender pasar por tal. Hacer lo contrario es caer en el ridículo.

Después Johnny preguntó casi acusándome:

—¿Cómo es posible que un escritor verdadero deje de escribir? Eso es inconcebible.

—Son muchas las razones . . . —comencé sin saber qué decir—. Uno a veces . . . Tal vez se trate de algún . . .

No pude seguir y saqué mi caja de cigarros, les ofrecí y pedí fósforos. Lourdes, al encender el suyo, me miró de una forma que tal vez su pareja hubiera desaprobado pero que a mí me resultó prometedora.

—¿Por fin qué pasó? ¿Por qué no escribes ya? —preguntó Johnny insistiendo.

Me limité a sacar el carné de identidad y mostrarles la última página de esa libreta pequeña y absurda que todo ciudadano cubano debe llevar siempre encima y enseñar a la policía cuando la exige. Lo abrí sobre el mármol de la mesa en la página de anotaciones especiales. En el medio estaba el cuño de ex preso político estampado con todo el rigor de la burocracia policial. La tinta era perfecta y no había margen para el error: yo era una res marcada y supe que ellos conocían el significado del cuño por la expresión de sus rostros.

—¿Entonces tú te puedes marchar del país con un visado de refugiado político? —preguntó Lourdes con admiración y los pulsos sonaron más que nunca.

—Exacto.

—¿Y lo vas a hacer?

—Preguntas demasiado —susurré.

Johnny la miró con dureza, reprochando su insistencia, y Raúl la tocó en el brazo con disimulo sugiriendo que cambiara el tema. En ese momento no pude determinar cuál de los dos era su pareja. Pero ella no se calló, aunque sí cambió el tema y me dijo:

—Ya sé cuál es tu edad exacta.

Aquello sonó en mis oídos a jueguito sexual.

—¿Cuál?

—Treinta años.

—¿Cómo lo supiste?

—Me atrevo a apostar que estuviste cuatro años preso y los cuentas a siglo por año, de ahí los cuatrocientos treinta.

—Eres brillante: estuve cuatro años preso. Sherlock Holmes palidecería de envidia si estuviera aquí.

—Además —continuó sin hacer caso de mi cumplido— no puedes ser de ninguna manera el Conde de Saint German.

—¿Por qué?

—Te falta la capa.

Tuve que reír. Pero ése no fue el problema. Lo preocupante fue que ella también rió, pero mirándome a los ojos.

El té fue servido por otro camarero —otro Rick— harto de tratar con personas extrañas y de costumbres poco decentes como la de leer libros y, en los casos más graves, escribirlos. Johnny, al parecer el cabeza del grupo, se ocupó de servir el azúcar a todos. Lourdes, después de revolver su taza, alargó la mano para alcanzar la cartera de piel de Johnny. Él la detuvo, retiró la cartera de la mesa y la colocó debajo de su muslo izquierdo.

—Eres insoportable —dijo ella.

—No vayas a llamarme atorrante que no eres argentina —advirtió Johnny.

—Claro que no: tú no eres Borges, ni Mujica Laínez ni Bioy Casares. Dámela.

—Aquí no puede ser y por hoy es bastante —por su determinación comprendí que sí, que era el director natural del trío. Al principio no supe qué misterio contenía la cartera de piel, pero después comprendí. Yo sorbía mi té y me dedicaba a estudiarlos. Hablaron de cosas triviales hasta que cayeron en el cine, primero comentaron una película italiana o algo similar, después una francesa. Había una escena donde alguien se envolvía la cabeza con cartuchos de dinamita y después la hacía estallar. A Lourdes le había impresionado.

—Es *Pedrito el loco* —dije yo—. Jean Paul Belmondo es el actor que estalla en pedazos.

—¿La viste en la cárcel? —preguntó ella.

Pensé que me tomaba el pelo:

—En la cárcel no hay cine. La vi antes de caer preso.

—¿Te gusta Belmondo? —volvió a preguntar Lourdes.

—Me cae bien —dije sin comprometerme mucho porque sabía que ninguna pregunta de esa muchacha carecía de segunda intención.

—Dicen que es el feo más simpático del mundo —comentó Lourdes y Johnny estuvo de acuerdo.

Raúl intervino para decir que su novela, si fuera llevada a la pantalla por un cineasta como Jean Luc Godard, sería la mejor película del planeta filmada en las últimas décadas. Cuando terminó el favorable vaticinio sobre su propio trabajo me miró esperando algún comentario, pero me mantuve callado porque me aterrorizaba la idea de que tratara de leernos a la fuerza algún capítulo.

—Estoy segura de que a Alberto le gustaría leer tu novela —dijo Lourdes y se llevó la taza a la boca para ocultar una sonrisa. Me miraba por encima del borde de porcelana con la pequeña cortina de humo que despedía el té. Esa muchacha sabía mucho más de veinte años y quería probarme, medir mi resistencia y ver cómo me las arreglaba para salir del aprieto con la novela de Raúl y la trampa literaria.

El escritor en ciernes aprovechó y me extendió el manuscrito. Tuve que aceptarlo. Busqué en el bolsillo de mi camisa los espejuelos y me los coloqué, lo cual produjo en Lourdes una reacción festiva cercana a la burla.

—¡Pero si usas lentes!

Y soltó una carcajada. Me limité a mirarla.

—Luces muy interesante con los lentes . . .

Como no dije nada, insistió:

—¿Alguien te ha dicho alguna vez que luces muy interesante con lentes?

—No.

—Pues el mundo anda ciego.

—No creo que el mundo le dispense mucha atención a mis espejuelos —aclaré.

—Pues es un error —tiró a fondo.

—¡Lourdes! —exclamó Johnny.

—No es para tanto, Johnny, por favor —se defendió Lourdes—. A
ver, ¿qué te parece la novela de Raúl?

Evidentemente Lourdes tenía ascendencia sobre el resto y cuando
decidía cerrar un capítulo era obedecida. Puse en duda mi apreciación
inicial sobre el liderazgo de Johnny.

Finalmente abrí el manuscrito en la primera página observado
cuidadosamente por Raúl.

—¿Qué te parece el título? —preguntó el autor con ansiedad.

—"La madrugada y el último descanso" —leí en voz alta y
agregué—: No está mal.

—¿Tú escribías poesía? —preguntó Lourdes que al fin me había
involucrado en una conversación literaria para satisfacción de sus ojos
traviesos.

Dudé mucho si contestar o no. Finalmente me entregué:

—Novela —susurré.

—¿De verdad? —exclamó Raúl entusiasmado por la fortuna de
conocer a un colega—. ¿Cómo se llamaba? ¿Era muy larga?

—El título no importa —dije, cerré el manuscrito y se lo devolví a
Raúl.

Sin desearlo, mi gesto fue un poco brusco. Ellos lo notaron y se
produjo un silencio en la mesa.

Finalmente Raúl se decidió:

—Otro día le echas un vistazo. Me gusta escuchar opiniones de
otros escritores. Eso siempre es bueno para el trabajo literario, al menos
eso creo.

—Seguro. Me interesaría mucho —mentí y agregué de inmediato—: Pero yo no soy un escritor. Sencillamente me dio por escribir una
vez, eso terminó en una novela y punto.

Pensé que el capítulo literario estaba cerrado debido a mi
brusquedad, pero Lourdes disparó su pregunta:

—¿Por qué estuviste preso?

Sus dos amigos la miraron asombrados. Yo me mantuve callado.

—¿Por qué estuviste preso? —repitió Lourdes desafiándonos a
todos.

Contesté, pero me tomé mi tiempo. En realidad yo tenía mucho miedo. Sabía lo peligroso que era el juego de ser "intelectual" en un país como el mío. Sabía que la juventud —todos éramos jóvenes, incluso yo— no mide las consecuencias de lo que en un momento determinado les rapta la fantasía sin dejar espacio para pensar. Yo sí lo sabía porque ya había pagado por ello con un pasaje gratis al infierno, incluyendo las lecciones que hubiera querido no aprender nunca y el ser testigo de cosas que no hubiera querido presenciar jamás.

—Estuve preso por escribir la novela.

El silencio fue total, como si estuvieran encerrados en una cabina del *Titanic* bajo toneladas de agua del Atlántico. Se miraron, me miraron y, mientras sorbía mi té, noté cómo había aumentado en ella su admiración por mí, por tanto, la noche se complicaba en avance vertiginoso en la espiral del peligro que, como peligro legítimo, siempre es erótico.

—¿Por escribir la novela? —preguntó Lourdes.

—Por escribir la novela —repetí.

—¿Cómo se titulaba? —preguntó Raúl.

—*La guerra de los tejados.*

Johnny intervino:

—Entonces tú eres un escritor de verdad.

—Buen título —intercaló Raúl.

No tuve más remedio que echarme a reír:

—¿Por qué soy un escritor de verdad?

—Porque si estuviste preso por escribir una novela es que servía, que era buena, y por tanto mal vista.

Reí mucho más por la lógica simplista que aplicaba Johnny a mi caso. En realidad, el aura de peso literario que acompaña a todo aquél que es marginado por las autoridades culturales a veces es injustificada, aunque siempre el desafío y la valentía de escribir al margen merecen medallas. También, claro está, los hay de estatura seria, aunque nunca más altos que sus expedientes en los archivos de la policía política.

—Es un error pensar que la literatura es mejor por el solo hecho de ser contestataria —apunté.

—¿La tuya era muy . . . —preguntó Johnny y antes de terminar la frase miró a todas partes—: contrarrevolucionaria?

La conversación tomaba giros cada vez más peligrosos, pero que no se apartaban del peligro erótico que me resultaba más atractivo. En resumidas cuentas yo no sabía quiénes eran ellos, ni con quién se

reunían ni quiénes eran sus padres. Podía estar hablando perfectamente
con tres hijos de puta de veinte años formados por casi tres décadas de
mentiras institucionalizadas.

—En realidad no . . . Pero prefiero no hablar de eso, por favor. Es
algo que ya pasó, pretérito, irrepetible, nunca más.

—¿Tienes miedo? —me desafió Lourdes siempre buscando lo que
ella quería.

Pero decidí desarmarla:

—Sí, tengo mucho miedo.

Lourdes le pidió el bolso a Johnny de forma tan imperativa que él
no dudó en entregárselo. Después que lo tuvo, la muchacha se levantó
y dijo que iba al baño, que regresaba enseguida. Johnny le lanzó una
advertencia:

—Ten cuidado y vigila que nadie te vea.

Lourdes se limitó a mirarlo y sonreír.

Cuando estuvimos solos fue Raúl quien comenzó la charla.

—¿Fue muy duro?

—La prisión es dura en cualquier lugar del mundo.

—No me refiero a eso —me corrigió Raúl.

—¿Entonces?

—Perder la novela.

—¿Por qué sabes que la perdí?

—Porque la policía política confisca las novelas que tengan lo que
ellos llaman problemas ideológicos. Todos saben que no las devuelven y
que las guardan muy bien en archivos que usan cuando les parece con-
veniente aunque hayan pasado años.

Suspiré.

—¿Fue duro?

—Un libro es como un hijo —confesé.

—¿Puedes reconstruirla de memoria?

—Tal vez podría, pero ya no sería la misma novela.

—Hay gente que lo ha logrado —dijo Johnny.

—Yo no conozco a nadie.

—Yo me aterro de sólo pensar que me pueda pasar a mí —intervino Raúl—. Si la policía me ocupa mi novela y pierdo la única copia creo
que me suicido.

—No te lo recomiendo.

—¿Que permita que la ocupen o que me suicide?

—Las dos cosas.

—El problema es que mi novela trata de un joven que . . .

—No quiero saber de lo que trata tu novela —lo interrumpí antes de que fuera demasiado tarde—. En realidad me interesa saber de muy pocas cosas.

Raúl se sintió un poco atropellado. Se lo noté en el rostro, pero no podía permitir que un joven con ínfulas de novelista me involucrara en un delito que podía costar hasta cinco años de privación de libertad de acuerdo al código penal vigente. Si su novela era crítica, contestataria, con problemas ideológicos o como se le quiera llamar —los especialistas de la Seguridad del Estado tenían suficientes calificativos para aplicar a cada caso— era un problema de él y no mío. Yo había tenido los míos, intransferibles y únicos que no se los deseaba a él, pero tampoco quería sumarme los suyos. El solo hecho de saber la trama de su novela —la suya, su mundo, su estar desde su parte y no desde la mía— me condenaba como cómplice y yo lo sabía. La noche vigilada de La Habana se tornaba más peligrosa para mi paseo y mi seguridad personal. Tal vez fue una equivocación total dejar que ocuparan las sillas vacías de mi mesa, pero ya era tarde, además, estaban los ojos de Lourdes, su pelo y su cuerpo. El único recurso era levantarme y salir corriendo sin dar explicaciones. Pero yo sabía que no podría hacerlo aunque quisiera.

Johnny intervino. Al parecer siempre sabía en qué momento intervenir para calmar las tensiones. Antes de hablar se acomodó el pelo sobre las orejas:

—Lourdes tarda demasiado en el baño.

—¿Quieres que vaya a ver qué pasa? —preguntó Raúl.

—Está bien, pero ten cuidado. Llámala desde afuera.

Cuando Raúl se levantaba para ir, Johnny lo detuvo:

—Deja, voy yo —y agregó a modo de justificación—: Ya terminé mi té y a ti te queda algo en la taza.

Johnny se alejó dejándome solo con el novelista que quería contarme su trama.

—Lourdes es muy buena amiga —dijo Raúl y agradecí en silencio que cambiara del tema de su novela.

—¿Estudian juntos?

—Nosotros no estudiamos.

—¿En qué trabajan?

—En nada.

En ese momento me enteré que los muchachos eran tres bombas de tiempo sociales de alto poder destructivo.

—¿Ni trabajan ni estudian? —pregunté con la esperanza de haber oído mal.

—Ni trabajamos ni estudiamos.

—¿Saben lo que les puede pasar? La policía constantemente hace recogidas de jóvenes. ¿Lo saben?

—Claro que lo sabemos.

—¿Y no temen que los detengan? También deben saber cómo son vistos por las autoridades los jóvenes que no se incorporan a la sociedad, como ellos dicen.

—Lo sabemos y no nos importa.

Tal vez no lo sabían bien o no habían pasado por experiencias directas en ese terreno. Las recogidas se producían en cualquier momento, el más inesperado, y en cualquier lugar. Un cine, una cafetería o un parque podían ser el campo de acción de la policía. Cerraban los lugares y comenzaban a pedir identificación a los jóvenes. Cerca de la zona tenían autobuses preparados para cargar con los sospechosos y enviarlos a diversas prisiones o campos de trabajo. Después se hacían procesos rápidos, sin garantías constitucionales. El delito de "peligrosidad" estipulaba en el código penal que un ciudadano, sin delinquir, podía ser condenado de uno a cuatro años de privación de libertad por tener ciertos índices de peligrosidad para la sociedad. Estos índices podían ser el largo del pelo, la forma de vestir, la música que escuchaba o, como en el caso de ellos, no trabajar ni estudiar. Pensando en todo esto volví a preguntar:

—¿De veras saben el riesgo que corren?

—Lo sabemos; somos marginados. Pero buena basura es la sociedad que ofrecen. Preferimos estar al margen y créeme, nos va muy bien, diría que de maravillas.

Lo miré con lástima y recordé el título de una película de James Dean. Parece que leyó algo en mi expresión y agregó:

—Somos felices así.

—¿Y tus padres?

—Hace tres meses que no los veo y me da igual.

—¿Son . . . revolucionarios?

—Muerden.

—¿Y Lourdes y Johnny?

—Ellos tienen más suerte. Sus padres no se meten en nada. Son también unos marginados, aunque a su manera.

—¿Dónde vives?

—Paso algún tiempo en casa de un amigo, después me mudo a otra y a otra y así pasa el tiempo.

—El tiempo no regresa.

Raúl hizo un gesto despectivo con la mano y declaró rotundo:

—Que no regrese.

Decidí cambiar el tema y explorar lo que me interesaba:

—Lourdes es muy atractiva.

—Es única.

—Se ve que ustedes se quieren —dije esperando más de lo que yo ofrecía.

—Somos como tres hermanos.

—¿Tres?

—Johnny, ella y yo.

—No, quise decir que ustedes se querían —y lo señalé con el índice—. Tú y ella.

Raúl se echó a reír.

—¿Novios?

—Sí.

—¿Lourdes y yo?

—Sí.

—Ella es indómita —instintivamente acarició la portada de su manuscrito—. Es una pena.

—¿Nunca has estado con ella?

—Hace un año.

—¿Y qué pasó?

—Nada . . . Ella es así.

Extendí las manos y le quité su novela, me la puse en las piernas y la abrí. Sus ojos resplandecieron. Había conseguido su confianza.

—¿Johnny?

—También tuvieron un romance, pero hace mucho.

—¿Antes o después que tú?

—Después —y miró cómo mis dedos pasaban las hojas de su novela—. Pero ya somos como hermanos. Nadie está molesto con el otro y nos llevamos muy bien.

Me detuve en una página al azar y pregunté a sabiendas que diría que sí:

—¿Puedo?

—Claro.

—¿En voz alta?

—Como guste —respondió complaciente.

Comencé a leer para los dos:

"La boca del verdugo a veces parece que ni siquiera grita, mientras que un arco de triunfo es el camino adecuado para llegar a su interior. No se trata de lo pretendido, sino del hecho rotundo de una comunicación entre el exterior y el universo del verdugo a través de lo soslayado, de lo evidente ignorado. Cualquier sorpresa puede asaltarnos si los caminos son de paja. Un armadillo en sombras que se mueve imperceptible, la trascendencia de la paja atisbando el horizonte, retando el hundimiento, el naufragio fatal que nos colma sin pensar en el equipaje. El reto viene de otra parte y nadie lo sospecha. Todos sabemos lo que sucede aunque nadie lo reconozca: es el juego peligroso de querer atrapar la efímera realidad de los contornos, la obra, y convertirla en algo definitivo que nunca será.

"La tarde de las alamedas, cuando la luz se bifurcaba sobre la piedra y hería mi copa, era un universo. Además, indiscutible. Así van estas frases: no basta el corno inglés. Yo estaba en Francia. Por supuesto, debajo de mí los pisos del castillo llegaban a besar la tierra, y percibí otra puerta que nunca me perdonaré no haber visto antes; los sótanos, esos soterrados que comunican a los países, y comprendí otro aserto: viajar de un país a otro es como penetrarlo, entrar en él desde mí, como los ecos en la paja, los inciertos límites de la superficie del cuadro, las voces de espiral, las campanadas tardías, las luces del traspatio, la calma vegetal, la estación equivocada, el ancla de paja, las cimas invertidas, la nieve transparentando al cordero . . ."

Me detuve y lo miré:

—¿Qué te parece? —preguntó ansioso.

—Tendría que leer desde el comienzo, pero me parece bien —y agregué cauteloso—: ¿Tiene que ver con Lourdes?

—Ella está en todo lo mío . . . Pero ya sabes, fue hace mucho y ahora es literatura.

—Pero aunque ahora sea literatura sigue siendo atractiva y ustedes son jóvenes, también ella.

—No . . . Nunca pasa nada y creo que no pasará . . . Somos amigos . . .

Pero su rostro denotaba que no estaba muy a gusto con esa situación. Por mi parte, ya sabía lo que deseaba saber.

—¿Vas a seguir? —preguntó señalando al libro.

—Prefiero seguir charlando, además, no creo que sea el lugar adecuado, Raúl —me disculpé y se la devolví—. En otra ocasión más propicia.

En ese momento Johnny y Lourdes regresaban del baño. Me di cuenta que al bajar los dos escalones de salida del restaurante a los portales, Lourdes se apoyó en Johnny y pisó con mucho cuidado al tiempo que Johnny miraba a todas partes temiendo que alguien notara el estado de la muchacha. En ese momento recordé algunos gestos desencajados de ella durante la conversación y sus ojos. También recordé que no tenía aliento etílico. Raúl también se dio cuenta de que algo no estaba bien y que yo lo sabía. Nos miramos, pero cuando iba a preguntar, Raúl se levantó para ayudar a Johnny. La escoltaron hasta la silla donde se desplomó más que se sentó. Estaba pálida.

—¿Pudo vomitar? —pregunto Raúl.

—Muy poco —dijo Johnny al tiempo que se sentaba—. Hay bastante aire fresco aquí. Tal vez se le pase pronto.

—¿Indigestión? —pregunté a sabiendas de que no era esa la causa del malestar.

Raúl me miró con fiereza. Johnny fue quien lo dijo:

—Tomó más pastillas de la cuenta.

—¿Cuántas? —preguntó Raúl.

—Como siempre.

Raúl frunció el ceño.

—¿Cuántas significa ese "como siempre"? —pregunté con timidez.

—No se refiere a la cantidad. Significa que, como siempre, no se acuerda de la cantidad.

Suspiré.

—No es grave si no se mezcla con alcohol —apuntó Johnny.

Lourdes protestó desde el retiro fantástico que lograba gracias a los sicofármacos:

—No me traten como una tonta . . .

—No es eso . . . —comenzó a decir Johnny.

—Soy una pastillera —dijo con absoluta claridad en la voz—. Tú lo sabes, poeta —señalando a Johnny—. Y tú también, novelista —señalando a Raúl—. Y tú, que escribías y ya no, ahora lo sabes. Consumo pastillas. ¿Algún problema?

Me encogí de hombros.

—No es necesario que grites a la gente en su cara que te dedicas a . . .

—El ángel de la Plaza guiará sus espíritus para que todos los que no crean comiencen a hacerlo antes de que sea tarde. Vengan conmigo y haremos vibrar juntos los campanarios.

Lourdes cerró su discurso con una sonrisa.

—Creo que debemos irnos —anunció Johnny—. Ella se siente mal.

—¿A dónde la llevan? —pregunté.

—A su casa en el Vedado —respondió Johnny—. Los padres de ella están en la playa, de vacaciones. La casa está vacía y nadie nos molestará.

—En el estado en que está va a ser muy duro el viaje en cualquier ruta repleta de gente —advertí—. La veo muy pálida. Puede vomitar en el autobús.

—O hablar mierda —apuntó Raúl—. Y eso sería peor.

Johnny se incorporó y la asió por debajo del brazo.

—Vamos, Lourdes, ya es hora.

—¿La hora de qué?

—La de irse.

—¿Quién lo dice?

—La borrachera que tienes.

Dudé mucho, pero finalmente lo dije:

—Yo vivo solo, aquí mismo, en La Habana Vieja . . . Si quieren pueden pasar la noche en mi casa. Es tan cerca que podemos ir a pie.

Johnny miró a Raúl y éste se encogió de hombros.

—¿Y bien? —pregunté ya de pie.

La que decidió el juego fue la propia Lourdes:

—Vamos para la casa del que ya no escribe.

Noté algo de celo en la expresión de Raúl. Johnny también lo notó a causa de una evidente razón: él también estaba celoso.

—Lourdes, en resumidas cuentas esta noche conocimos a Alberto. . . . Tal vez, si haces un esfuerzo, puedes llegar a la parada de ómnibus y resistir . . .

Lourdes lo interrumpió con una arqueada que no se llegó a consumar en vómito.

—Vámonos a casa de Alberto —dijo Raúl con determinación asiendo a Lourdes por el otro brazo—. ¿Hacia dónde? —me preguntó.

No pude responder porque unos frenazos provenientes de las tres calles que desembocaban en la Plaza de la Catedral —por Empedrado, San Ignacio y desde la Avenida del Puerto— ocuparon la noche con sus chirridos desplazando las conversaciones más o menos marginales de los comensales. Repentinamente el portal se llenó de policías de uniforme y vestidos de civil que se acercaban a las mesas pidiendo identificación. La atmósfera se congeló y los camareros se apartaron, pegándose a las paredes, para ser testigos de otra recogida en los predios de ese restaurante conocido por ser un punto de reunión de jóvenes con "problemas ideológicos" y, por tanto, escenario de periódicas encerronas policiales. Cuando me vi rodeado, supe que estaba perdido. La novela de Raúl y mi cuño de ex preso político en el carné de identidad me aseguraban un pasaje directo a la corte y de ahí al borde opuesto de la bahía, a la prisión radicada en la Fortaleza de La Cabaña —castillo colonial construido por los españoles después de la toma de La Habana por los ingleses en 1762— donde yo había vivido casi tres años durante mi condena por escritor no oficial.

Pero fui muy rápido, como en mis mejores tiempos en la prisión, y supe imponerme en el resto del grupo que mostró síntomas evidentes de desconcierto. Aproveché el breve momento de falta de atención de la policía debido a que un joven trató de escapar saltando sobre las macetas sembradas de arecas. Un policía gritó al ver el intento de fuga, los otros lo miraron y se dedicaron a perseguirlo. En medio de la momentánea confusión apreté la muñeca de Lourdes —la que estaba llena de pulsos— y la arrastré hacia el interior del restaurante en busca de la cocina. Raúl y Johnny me siguieron y les dije que no se dejaran atrapar, que atravesaran la cocina en busca de la puerta lateral que daba a la calle Empedrado, muy junto al restaurante vecino La Bodeguita del Medio, y que después se separaran de mí para reunirnos en mi casa, Curazao 24 entre Luz y Acosta, por vías diferentes. Empujé las puertas giratorias de la cocina y entré arrastrando a Lourdes ante los asombrados cocineros que se limitaron a quedarse tranquilos en complicidad manifiesta. Pude ver que Johnny me seguía de cerca y, cuando alcancé la puerta de salida a la calle, miré atrás y comprobé que un brazo uniformado de verde oliva halaba a Raúl por el cuello del pullover: lo habían atrapado. Ya en la calle repetí a Johnny la dirección, le insistí en que fuera por un camino distinto al mío, que se guiara por la Terminal Central de Ferrocarriles y le grité antes de desaparecer por la esquina de Cuba y Empedrado:

—¡Cuando llegues a casa no toques; la puerta estará abierta!

—Necesito echarme agua en la cara.

Eso fue lo primero que dijo Lourdes después de entrar en mi casa. La llevé directamente al lavabo que tenía instalado en el pequeño patio bajo techo que me proporcionaba privacidad, pero oscurecía mucho la casa. Yo prefería la oscuridad. La dejé inclinada, sudando y haciendo arqueadas con la pila del agua abierta, y fui a buscar una toalla. Cuando regresé estaba vomitando un líquido amarillento y aguado. Tenía los ojos llenos de lágrimas. Esperé pacientemente a que terminara. Sin duda, la cantidad de pastillas que consumió para drogarse fue excesiva. Cuando comprendió que tenía el estómago limpio y que no lograría expulsar nada más, se enjuagó la boca varias veces y se echó agua en la cara. Se volvió hacia mí —estaba un poco avergonzada— y le entregué la toalla.

—Fue una suerte que algo me hiciera vomitar. . . . Tal vez fue el té, no sé.

—¿Te sientes despejada?

—Al parecer no me queda nada dentro; las últimas arqueadas estaban limpias.

—Hay que tener cuidado con esas cosas.

—Casi nunca me pasa.

—Al parecer Johnny y Raúl no piensan así.

—Ellos son un poco exagerados.

—Será que te quieren mucho —me arriesgué.

Lourdes sonrió y terminó de secarse. Cuando me entregó la toalla noté que sus ojos estaban de nuevo resplandecientes. Una vena le atravesaba la frente con un color azulado pálido.

—Perdona tanta molestia —susurró.

—No hay problema.

—¿Y los demás?

—Johnny debe estar en camino. Le dije dos veces la dirección. ¿Él conoce La Habana Vieja?

—No mucho, pero puede preguntar a la gente por la calle. ¿Estamos muy lejos de El Patio?

—No . . . Unos quince o veinte minutos a pie. Por lo visto ni te enteraste de cómo llegaste aquí.

—Recuerdo muy poco. Me sentía realmente mal. ¿También le dijiste a Raúl la dirección?

—¿No viste nada?

—¿A qué te refieres?

—Al salir por la cocina del patio un policía logró alcanzarlo. Vi cómo lo halaba por el cuello del pullover.

—¡Dios mío!

Guardé silencio.

—¿Tenía la novela consigo?

—Creo que sí.

—¡Dios mío! —repitió.

—Debe estar en alguna estación de policía.

—Ojalá que se le haya ocurrido tirarla antes de que lo apresaran. Esa novela es dinamita.

Asentí con la cabeza, pero sabía que para Raúl hubiera sido difícil desprenderse del único ejemplar de su novela.

—¿Viste cuando se lo llevaban?

—No. Estaba muy ocupado arrastrándote, buscando lugares donde escondernos, portales y zaguanes, para escapar de la recogida. Llegamos de milagro. Las perseguidoras salían por cualquier bocacalle. Fue una recogida en grande.

—Vaya mierda —exclamó con rabia.

No dije nada.

—Si le ocupan la novela a Raúl nunca podrás leerla.

—No es importante que yo la lea.

—Tal vez sí.

—¿Por qué?

—¿Tu nombre verdadero es Alberto?

—Desde que nací.

—A él le hubiera gustado que tú la leyeras. Se le veía en los ojos con claridad.

—Eso es exagerado. No soy nadie en materia de literatura y, además, no pasará nada. Seguro que se deshizo de ella —dije sin convicción— y pronto la policía lo soltará —esto último con menos convicción aún.

—¿Tienes agua fría?

—Seguro.

La invité a que pasara a la sala y esperara. Le indiqué uno de los butacones, el único que no tenía las posaderas de mimbre rotas. Regresé con el vaso de agua y la sorprendí mirando con admiración los cuadros y los afiches que llenaban las paredes. Le llamó particularmente la atención uno que dominaba la pared principal, sobre el sofá. Era una gran chimenea que nacía en la cabeza de una muchacha. El torrente de humo estaba compuesto de cientos de diminutos pájaros entrelazados con flores. En el borde inferior izquierdo estaba la dedicatoria, la firma de la artista y el título: *El sueño del humo*.

—¿Amiga tuya? —preguntó señalando el nombre.

—Sí.

—¿Joven?

—Un poco menor que yo.

—¿Cuánto?

—Veintiocho.

—¿Bonita?

—Sí

Terminó con el agua del vaso antes de preguntar:

—¿Estuviste con ella?

Mi respuesta fue otra pregunta:

—¿Quieres un café?

—Te pregunté algo —y me miró esperando la respuesta.

—No estuve con ella, sólo somos amigos.

—No te creo —y colocó el vaso en la mesa de centro.

Me encogí de hombros:

—¿Hago el café?

—No está mal, pero sudé mucho vomitando. Aún me siento un poco aturdida —dijo y agregó—: Un baño me despejaría.

—De acuerdo. Mientras te bañas hago el café.

La hice pasar a la ducha. Me siguió con cautela y revisó bien la cerradura de la puerta del baño. Me reí de sus recelos porque su forma de ser me decía, a pesar de conocerla hacía sólo un poco más de una hora, que ella hacía, o se dejaba hacer, exclusivamente lo que deseaba.

Desde la cocina sentía el agua de la ducha caer. En algún que otro momento silbó una tonada, a veces cantaba breves estrofas que no pude identificar. Desde afuera le pregunté si quería un pullover limpio, pero no lo aceptó.

Cuando la infusión estuvo lista llevé la cafetera a la sala y la coloqué en la mesa de centro, con tres tazas de porcelana —por si Johnny llegaba a tiempo—, la azucarera y tres cucharillas. Me senté en uno de los butacones y me dediqué a fumar y a mirar el cuadro de la chimenea. Siempre encontraba algún nuevo detalle y dudaba si lo había visto y olvidado, si siempre lo había pasado por alto o si el cuadro generaba nuevas situaciones manejado por algún tipo de magia a larga distancia. El ruido de la ducha se percibía apagado desde la sala. Consultaba el reloj con frecuencia un poco preocupado por la tardanza de Johnny. No era difícil llegar a mi casa desde El Patio. Además, le había dado como referencia la Terminal Central de Ferrocarriles, y eso sí que era fácil de encontrar.

De repente el ruido de la ducha cesó y escuché cómo Lourdes me llamaba desde el baño. Fui y me paré delante de la puerta. Habló desde adentro sin abrir la puerta:

—Por favor, alcánzame mis pulsos.

Me decepcionó.

—¿Dónde los dejaste?

—Están junto al lavabo del patio, donde vomité.

Fui en busca de los pulsos y regresé con ellos. Lourdes abrió un poco la puerta y sacó la mano abierta. Coloqué los pulsos en la palma de su mano, ella cerró y yo regresé al butacón de la sala. Todo había sido muy formal, respetuoso y sin el menor margen para la imaginación. Encendí otro cigarro.

Su voz a mis espaldas me asustó:

—¿Te gusta mi ropa?

Cuando me volví me di cuenta de su juego. Estaba completamente desnuda, descalza y mostrándome los pulsos.

Unos ruidos en la puerta me indicaron que Johnny había llegado. Lourdes dejó la cama a toda velocidad y salió corriendo hacia el baño. Vi sus nalgas saltando en plena escapada. Yo me puse unos pantalones y una camisa con más rapidez que cuando estaba en la cárcel o en el servicio militar obligatorio. La sala estaba oscura y no distinguí desde el primer momento la figura que se movía lentamente tropezando con los muebles. Escuché mi nombre en susurros.

—¿Eres tú, Johnny? —pregunté.

—Gracias a Dios —dijo la voz de Johnny—. ¿Dónde está el interruptor de la luz?

—No te muevas y espera un momento —le ordené y fui al interruptor, pero despacio, dando tiempo a que Lourdes se vistiera.

Cuando encendí, Johnny estaba casi en el centro de la sala, junto a la mesita con el servicio de café. Estaba asustado y se notaba que sabía que se había escapado de la jauría por un milagro.

—¡Menos mal, Alberto! —exclamó—. Pensé que nunca encontraría este callejón.

—El que busca encuentra —bromeé sin saber qué decir hasta que me iluminé—: ¿Y Raúl?

—La última vez que lo vi lo arrastraban hacia un ómnibus donde estaban montando a los que apresaban.

—¿Llevaba la novela con él?

—No podía ver con claridad sin arriesgarme a que me atraparan, pero me pareció que no. Tal vez la tiró en la calle, debajo de algún automóvil, quién sabe . . .

—Con tal que la policía no la encuentre. Con unas simples pruebas de la tipografía y un registro en su casa buscando la máquina de escribir, es suficiente para que pase unos cuantos años en la prisión.

Johnny, al parecer ya repuesto del susto y sintiéndose seguro, reparó en que Lourdes no estaba allí.

—¿Y Lourdes?

—Está en el baño.

En ese momento ella regresó a la sala completamente vestida, como si no hubiera pasado nada y, en derroche de actuación, se tiró en sus brazos. El correspondió, pero con cierta frialdad. Evidentemente sospechaba. Después vio el servicio de café:

—¿Tres tazas?

—Te esperábamos —me apresuré a apuntar y le indiqué que se sentara.

Johnny ocupó uno de los butacones y miró con recelo en torno suyo. Lourdes guardaba silencio y saltaba a la vista en la atmósfera de la casa que habíamos hecho el amor. Johnny era suficientemente sagaz como para percibirlo. Me dediqué a servir el café y a echar el azúcar a gusto. Cuando Johnny se llevó la taza a la boca lo comprendió todo:

—Está frío.

—Lo siento, pero hace rato que lo hice —me justifiqué y agregué sin convicción—: Te esperábamos.

—¿Por qué está frío?

—¿Quieres que lo caliente? —pregunté.

—¿Por qué está frío? —repitió.

—No te entiendo Johnny . . . Está frío porque esperábamos por ti.

—¿Y por qué no tomaron el de ustedes caliente?

No sabía a dónde quería llegar:

—¿Qué quieres decir? ¿A dónde vas con esas preguntas?

—Algo les impidió tomar el café caliente como lo toman todos los seres humanos en este puñetero país —dijo Johnny y se puso de pie.

Me pareció que la noche se tornaba particularmente peligrosa para mí. Johnny devolvió la taza a la mesa de centro y continuó:

—Te acostaste con él, Lourdes.

El rostro de Lourdes se convirtió en el de una fiera, aunque exclamó con una suavidad que no correspondía a su expresión:

—Por favor, Johnny.

—Te acostaste con él —repitió él como si hubiera olvidado el resto del idioma.

Yo permanecí callado.

—Dejamos de vernos sólo una hora y ya te acuestas con él —la acusó y la señaló con el índice casi junto al rostro como si fuera un juez severo y molesto—: Eres una puta de mierda.

Cuando la agarró por un brazo, el de los pulsos, me puse de pie y de sólo hacerlo recibí un golpe formidable en pleno rostro que me tiró hacia atrás. Caí sobre el butacón y lo arrastré con el impulso. La nariz me sangraba. Lourdes le dio una bofetada a Johnny que resonó como un cohete de navidades y se agachó junto a mí para ayudarme.

—No pasa nada . . . No es nada —me apresuré a decir—. No es nada.

Lourdes me secaba la sangre con una servilleta y Johnny miraba la escena con los brazos cruzados, tal vez algo arrepentido de su reacción. Entonces me tocó hablar a mí:

—Muchacho —le dije mirándolo a los ojos—. Es la única vez que puedes hacer esto sin pagar las consecuencias. Me parece bastante. Ahora te calmas, toma el café frío y piensa en lo que queda por hacer. Ni una palabra más de este asunto.

Al parecer el discurso me salió bien porque Johnny se sentó de inmediato y tomó el café frío de un solo trago. Después repitió, pero ya murmurando para sí mismo:

—Te acostaste con él —sin mirarla, con la vista fija en el fondo de la taza vacía.

Lourdes se sentó en un brazo del butacón que ocupaba Johnny. Le pasó un brazo por los hombros y lo besó en la frente.

—Johnny, soy yo, Lourdes, tu amiga, la de siempre. . . . ¿Tú lo sabes?

—A veces me confundo y no te veo con claridad —dijo él.

—No te confundas, soy tu amiga y ahora tenemos que pensar en Raúl. ¿Tú crees que esté preso?

—Quién sabe . . .

Noté con alivio que el incidente ya estaba cerrado, o casi cerrado.

—Hay que ir a buscarlo.

—¿A las estaciones de policía? —preguntó Johnny alarmado.

—Tienes que ir, Johnny, no hay otro camino.

Johnny pasó a un estado de aceptación. Me di cuenta que no me guardaba rencor alguno y que perdonaba a Lourdes por el supuesto delito de acostarse conmigo, aunque en realidad, si no me habían engañado, ninguno de los dos muchachos tenía una relación estable con ella. En fin, Lourdes era una mujer libre.

Tuvimos que preparar a Johnny para un recorrido por las estaciones de policía. El paso más difícil fue cortarle el pelo. Lourdes se encargó del asunto con una tijera que le entregué. Ni pensar que Johnny pudiera presentarse en una estación de policía con el pelo tan largo. Si lo hacía quedaba preso sin la menor duda. Le presté un pantalón mío más convencional para que lo usara en lugar de su blue jean desteñido. Nos despedimos de él, yo le estreché la mano y Lourdes lo besó en los labios. Yo no tenía ninguna confianza en el éxito de la gestión, pero había que hacerla, era lo mínimo que se podía hacer. Se fue en la noche del callejón de mi casa y Lourdes y yo lo observamos hasta que dobló por la esquina de la calle Acosta sin mirar atrás. Lo más impresionante fueron las lágrimas que corrieron por las mejillas de Johnny cuando los tijeretazos de Lourdes cortaban su sueño de homenajear a John Lennon.

Cuando entramos en la casa Lourdes rompió a llorar. El abrazo llegó, el beso en la frente, después en la boca, y finalmente la llevé hasta la cama. Era lo lógico.

—Lo mejor es un té caliente —dije—. Con limón.

Y fui a la cocina a preparar el agua. La noche se había convertido en el peligro total y ya no quedaba un solo resquicio para la cordura y la paz. Estaba enredado en la vida de esos tres muchachos y ella, tal vez ya desnuda otra vez, estaba en mi cama y esperaba por el té y por mí.

Cuando regresé con la taza humeante en la mano tuve que gritar:

—¿Quién te dio permiso para registrar mi mesa de noche?

Dejé la taza en el piso y le arrebaté el manuscrito de mi novela. Como pensé, estaba desnuda, y se llevó las manos a los senos ocultándolos y cerró las piernas, un poco asustada por mi reacción violenta. Mi novela, recién terminada, siempre estaba oculta en el fondo de la cisterna del patio, bien encerrada en una caja plástica hermética, impermeable, y amarrada a un viejo martillo que servía de peso. Era una medida normal: si la policía la encontraba en un registro me esperaba una larga condena por escribir textos contrarrevolucionarios. Reinaldo Arenas escondía las suyas en los tejados. Se trata de una medida común entre los que se arriesgan a escribir por cuenta propia en un régimen totalitario. Yo estaba haciendo la última revisión la noche anterior, por eso una de las copias —sólo había dos y la otra reposaba en el fondo de la cisterna— estaba en la gaveta de mi mesa de noche, al alcance de la curiosidad de una mocosa como Lourdes, cosa que debí anticipar con facilidad. Actué como un total estúpido y las consecuencias vendrían, y en grandes cantidades sin la menor duda.

—¿Por qué hiciste eso?

—Dijiste que ya no escribías: eres un mentiroso.

Estaba fuera de mí. Esa entrometida se había enterado del secreto que guardaba desde hacía dos meses, cuando terminé la novela que consideraba definitiva. Era sólo cuestión de tiempo y oportunidad hacerla llegar al extranjero. Lourdes apeló al recurso antiguo y supremo de romper a llorar pero, gracias a Dios, sólo fingió por unos segundos. Me pidió perdón muy conmovida, secándose las lágrimas con el dorso de la mano, y agregó de inmediato:

—Es terrible lo que leí.

—Más terrible es haberlo leído sin mi permiso . . .

—Sólo buscaba un peine, miré en la gaveta . . .

—Falso —la interrumpí—. ¿Hasta dónde llegaste?

—Fui saltando páginas . . . Leí la parte donde la muchacha se suicida.

—No debiste hacerlo . . . No debiste hacerlo.

Y Lourdes se irguió en la cama hasta ponerse de pie, con su cuerpo frente a mí, su cintura a la altura de mis ojos. Estiró los brazos y me quitó el manuscrito de las manos sin que yo hiciera resistencia alguna. Comenzó a hojear hasta que se detuvo en una página:

—Esta parte me gustó mucho . . . A ver, a ver . . . Aquí está. Hay mucha pasión en esta página. Escucha:

Atónito, me dejé llevar por la lectura de esa diosa desnuda de pie en mi cama, con aire de declamadora, estatua parlante y todo erotismo:

". . . es una pena que seas tan hija de puta porque tus ojos grandes, traviesos y perfectos me sacan de quicio y me aniquilan de un solo acorde. Es terrible para mí saber que eres tan hija de puta porque me excitas cuando te veo vestida de blanco, elegante, con el pelo recogido en moño travieso cual bailarina de mi vieja Habana azotada por la fiebre parlante, los sueños de un pirata loco y los lamentos de todas las estaciones perdidas de la galaxia que nos tocó. Es doloroso que seas tan hija de puta porque tu voz me eriza el desvelo y tu modo de tratar a la luna me hace pensar que aún soy joven. Es una pena que seas tan hija de puta porque escuchar a los Beatles a ciertas horas de la tarde es peligroso, y claro que lo es porque todo el mundo tiene algo que ocultar. Y cuando escucho esa canción a esa hora de la tarde que marcaste para siempre no puedo evitar el pensar en ti conmigo, haciéndonos horrores, y ahora triste, muy triste por saber que a pesar de tus ojos eres una perfecta hija de puta. De todas formas te absuelvo —suponiendo que pueda hacerlo— porque tú y yo, los dos, somos víctimas de esta época que nos tocó llena de incertidumbre y fastidio. Pero créelo, mi linda hija de puta, mi sueño americano, con tus batallones de animales y tu ejército de incongruencias, tus ojos siempre estarán en cualquier mirada a la luna —ya sea real o imaginada— porque así lo quiere la vida que al final es la única ganadora en esta ruleta. No pienses que la víctima soy yo ni que lo eres tú. Ambos lo somos: estamos hermanados por el verdugo común. Si nos encontramos en otra galaxia menos ingrata, donde nos toque en suerte un jardín y muchos pájaros cantores, de seguro todo será distinto y no habrá manchas ni dudas en tu insomnio . . ."

Cuando Lourdes terminó yo estaba sin aliento:

—Escribes parecido a Raúl.

—No debiste hacerlo —dije cuando salí de mi asombro.

—Al parecer la quisiste.

—¿A quién?

—A la linda hija de puta.

—No debiste registrar en mi gaveta.

—¿Es real o sólo literatura?

—No debiste hacerlo —y di dos golpes con el puño cerrado en la mesa de noche, harto de su interrogatorio. Estaba a punto de apretarle el cuello—. No debiste hacerlo. No debiste leerla. Ahora eres cómplice, ahora sabes, ahora otros podrán saber a través de ti, incluso la policía.

—Te entrego mi secreto para que estemos iguales.

—¿De qué hablas?

Y antes de que pudiera detenerla dijo:

—Raúl, Johnny y yo tenemos que estar a las tres de la madrugada en la playa de Guanabo. Nos vamos en una balsa para Miami, para los Estados Unidos. Está escondida en un lugar apartado de la arena. Nada puede fallar. Todo fue estudiado con detenimiento. Ven con nosotros y trae tu novela.

Era lo último que me faltaba por escuchar en esa noche maldita de La Habana. Enterarme del intento de salida ilegal del país de esos muchachos era mi total perdición. Me desplomé porque me sabía enredado sin remedio. Aunque no me involucrara, si era detenido alguno de ellos hablaría sin remedio frente a los interrogadores de la policía política. Me senté en el borde de la cama y, maquinalmente, comencé a tomar el té que había hecho para ella y recordé mi intento de salida del país, años atrás, antes de cumplir prisión por mi novela, con cuatro más que compartieron mi fracaso de aquella ocasión, cuando tuvimos que regresar a las costas de Cuba porque no pudimos avanzar lo suficiente y la expedición era, a todas vistas, un total fracaso. Los preparativos comenzaron con un año de antelación. La furia colectiva por marcharse del país que había contaminado a la población hacía difícil la adquisición de los elementos necesarios para confeccionar una balsa: existía una gran demanda en el mercado negro. Poco a poco fui almacenando en mi casa lo principal para la construcción del diseño que había inventado: una reproducción en miniatura, muy liberal, de la balsa *Kon Tiki* del noruego Thor Heyerdahl, con la cual cruzó el Océano Pacífico para demostrar su hipótesis que afirmaba que se habían producido emigraciones de un punto a otro del enorme océano.

Pero mientras Thor Heyerdahl construyó su balsa rodeado de publicidad e interés en toda la comunidad científica del mundo, yo tuve que construir mi artefacto —del tamaño de una cama matrimonial— en absoluto silencio, con todas las medidas que conlleva una operación clandestina en un país policial. Cada paso que se daba era hecho sobre el mismo borde del peligro. El menor movimiento había que hacerlo sin que las autoridades se enteraran y sin que los "chivatos" de los Comités de Defensa de la Revolución (CDR) —organismos populares de vigilancia a nivel de cuadra— tuvieran la más mínima sospecha.

Poco a poco, durante el transcurso de un año, fui consiguiendo en el mercado negro balsas inflables, troncos de madera de cuatro por cuatro pulgadas de grosor, una lona fuerte para la vela y un buen mástil, cajas herméticas y sacos impermeables, prismáticos, todos los tornillos y clavos necesarios y hasta una brújula, conseguida con extraordinario trabajo porque es un instrumento de navegación que sólo pueden poseer en Cuba las personas autorizadas (si a alguien se le ocupa una brújula se le puede aplicar el delito de "posesión de artículos idóneos para cometer un delito" y, de ahí, a la prisión). También estudié las corrientes cercanas a la isla y las corrientes del Golfo con todas sus posibilidades de ir a parar al Golfo de México o al centro mismo del Océano Atlántico. La balsa, en su estructura principal, estaba compuesta de una cruceta de troncos de cuatro por cuatro, unidos entre ellos por grandes tornillos con arandelas de metal y "bordas" de troncos de menor grosor. En el medio de la cruceta se levantaba el mástil. Como "cubierta" fungían dos balsas playeras inflables y por debajo —lo que sería la quilla— estaba formada por cuatro cámaras de ruedas de camión soviético de gran tonelaje. Las cámaras infladas se forraban de lona para que siempre el agua de mar las mantuviera mojadas y con un enfriamiento natural que evitara que el fuerte sol las hiciera reventar. También esto las protegía un poco de las picadas de peces menores, porque si a uno mayor —un tiburón o una barracuda, por ejemplo— le daba por atacar, no quedaría nada de las cámaras infladas por muy protegidas que estuvieran. La armazón en su conjunto estaba literalmente entizada de sogas que reafirmaban su fortaleza. Uno de los miembros de la expedición, cuyo trabajo era manejar un camión de volteo para una empresa de construcciones, se robó el camión para transportar la balsa que estaba en mi casa de La Habana Vieja desarmada y construida de forma tal que pudiera armarse encima del camión durante el trayecto a la costa. El punto que escogimos fue un desolado lugar del litoral norte de La Habana, entre las Playas de Guanabo y la población de La Habana del Este, donde un pozo de petróleo abandonado, con un vagón de ferrocarril volcado junto a él, nos sirvió para ocultar el camión de la vista del servicio de guardafronteras que, en ese sector, hacía sus recorridos en una motocicleta con sidecar desde la carretera, situada a unos doscientos metros del punto escogido y a unos quince metros por encima del nivel del punto desde donde escapamos.

De sólo tirarnos al mar, entre la confusión y el miedo, se nos mojaron las reservas de alimentos que no se podían mojar. Aunque en realidad, se puede considerar que la salida fue un éxito porque nadie nos detectó desde que abandonamos mi casa hasta la llegada a la playa, y tampoco nadie vio cuando nos hicimos a la mar.

Nos separamos unas cuatro millas de la costa a golpe de remo y después izamos la vela. Pasados tres días de navegación y a unas veinte y dos millas al norte del poblado de Santa Cruz del Norte, decidimos regresar porque habíamos perdido los alimentos y el agua. Nos costó trabajo llegar a la costa y, cuando faltaban unos quinientos metros, destruimos la balsa, lo hundimos todo y llegamos a la arena, exhaustos, nadando. Nunca fue tan agradable el contacto con tierra firme. Habíamos salvado nuestras vidas y sólo era cuestión de preparar otra fuga más adelante, con más recursos y más experiencia.

—¿Qué te pasa? —preguntó Lourdes.

Su pregunta me sacó de la vieja película fracasada de mi intento de llegar a Miami a través del Estrecho de la Florida.

Me puso sus manos sobre los hombros y repitió la pregunta, pero con un tono de voz más cercano al auxilio que a la interrogación:

—¿Qué te pasa?

—Estoy perdido —murmuré.

—Nada de eso: yo te he encontrado.

—Por favor, Lourdes, esto es serio. Yo los conozco. Estoy perdido.

—Te quiero y me gustas. Ven con nosotros y con tu novela. Tenemos toda una vida por delante fuera de este infierno, además, tu libro será un éxito.

—Ése es un diálogo propio de una telenovela.

—A veces la vida es como una telenovela, o al revés.

—¡Por Dios, más telenovela!

Lourdes se limitó a sentarse junto a mí desnuda y a recostar su cabeza sobre mi hombro. No sé por qué, pero comencé a llorar. Me imagino que porque me sentía realmente acorralado. Lourdes, al ver mis lágrimas, disparó un discurso:

—Nada puede evitar que un ser humano haga lo que desea. Aquí nunca vas a vivir en paz. Estás marcado, eres un preso político, un apestado, un "no persona" igual que los de Orwell, pero tropical. Allá hay esperanzas, un mundo nuevo, distinto, todo será diferente a lo que conoces. Sólo apelando al derecho al aburrimiento es suficiente para escoger la fuga. Aquí nunca harás nada ni serás nada. Tengo fe en tu novela . . .

—Lourdes, por favor, ni quisiera la leíste completa.

—No importa, se ve a las claras que es tremenda novela, que será un éxito, que al fin tendrás lo que quisiste, tu libro publicado. Además, hay otra cosa muy importante.

—¿Cuál?

—Me tienes a mí.

—Pon los pies en la tierra; nos conocimos hace unas tres o cuatro horas.

—Es suficiente para el comienzo de un siglo.

II

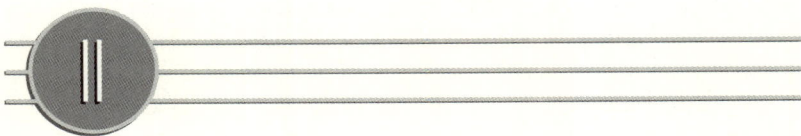

El ejemplo a seguir era el de Heberto Padilla. No había otro. La mejor manera de protegerse dentro del territorio nacional —si es que la nación realmente me pertenece en alguna medida— era alcanzar notoriedad en el extranjero, y la mejor forma de lograrlo era publicando un libro en alguna editorial fuera del país. Por supuesto, las detenciones y los interrogatorios por parte de la policía política eran inevitables. Pero valía la pena. Sobre todo después del fracaso de mi intento de salida del país por mar. En ese sentido comencé a localizar a mis amigos que se habían marchado al extranjero. Yo estaba envalentonado y lo único que tenía en mente era cómo sacar mi novela de la isla sin que me detectaran y a quién enviársela que pudiera hacer alguna gestión editorial. Así que redacté una larga carta dirigida a un amigo que se había marchado de Cuba en 1980 por la vía del puente marítimo del Mariel y estaba involucrado en los quehaceres literarios. La carta decía así:

Estimado amigo:

Aunque te asalte la duda, temas por mi salud mental o me catalogues como un inveterado mentiroso, te aseguro que varios duendes me han confiado la posibilidad de un seísmo en el Averno (te paso la noticia). De acontecer semejante horror, por las fisuras escaparían de las ergástulas miríadas de confinados voluntarios e involuntarios. Es una amenaza extraterrena que el profeta maldito Herbert G. Wells no auguró, a pesar de su pupila intemporal, y que nadie puede conjurar, aun invocando genios benignos de cualquier época. Por supuesto, yo también me encuentro entre los amenazados. Se desataría la insania en el orbe y nadie estaría a salvo de abandonar su entidad corpórea a la menor humorada de algún espíritu en expiación. Acuciado por tal inminencia revisé mi buró atacado por el temor de perder mis libritos, esos hijos que uno concibe sin saber hasta dónde crecerán, si echarán alas o no, si al fin tendrán vuelo nocturno —Saint Exupery— o cabalgata de pegasos. Comprendí que la montaña de cuartillas, formando volúmenes inconclusos —por razones estrictamente extraliterarias—, colmaba las gavetas ignorando que podía concluir sus días convertida en cenizas o en expedientes clasificados de algún gélido archivo; peor infortunio es difícil de elucubrar. Por eso decidí construir una novela que recogiera algunos de los trabajos, aunque arrojara un balance de armazón sin concierto, híbrido de león y jirafa, monstruo poliforme y policéfalo, cualidades todas inusitadas, pero que se integran con el transcurrir disparatado de la época que clama por un orden que remedie tal confusión de incongruencias o anomalías, un cosmos orgánico deshacedor de tantos entuertos. Ni tú ni yo tenemos poder para remediar algo en este aquelarre, no podemos rubricar pacto alguno con orichas, ni tan siquiera con semidioses. Además, los envites están en contra nuestra, nada podemos frente al monótono goteo del eco del Big Bang que llega hasta nuestros relojes caseros, y nada contra el espacio, este maldito espacio sin quinta dimensión. Los cuatro elementos de los materialistas ingenuos se mezclan en una fruta paradisíaca —no es la manzana— y la oferta se mantiene en pie bajo la pupila vigilante de la serpiente... Ahora, mientras escribo esto, mi gato —Sir Arthur Conan Doyle— descansa a mis pies acostumbrado ya al teclear de la máquina de escribir. A veces adopta poses sorprendentes, como ahora, que semeja un relieve del mismísimo templo de Karnak (sabes que siempre fui un poco exagerado, tal vez enfático, como decía Lydia Cabrera), más por el aire místico que lo envuelve que por la posición en sí.

Aunque la literatura no necesita explicación, a pesar de opiniones contrarias, y el derecho de permitir a la pluma correr sin orejeras es atributo de patricios y plebeyos, deseo dejar sentado el porqué del título —*La alcantarilla mágica* (Confesiones íntimas de Robinson Crusoe)—, con permiso de Daniel Defoe a quien, te confieso, admiro mucho. Nadie osaría discutir mi categoría de Robinson, de la misma forma que nadie pondría en duda la calidad de isla desierta que para mí tiene la isla de Cuba (en caso de que alguien intente establecer una polémica conmigo al respecto contestaría en voz muy baja y riendo para mis adentros que "me acojo a la quinta enmienda"). Estoy en desventaja con el inmortal personaje porque ni siquiera tengo un Viernes que me haga compañía. Desesperadamente busco su huella en la arena en jornadas laboriosas que concluyen siempre en el mismo resultado: debo seguir solo en mi cueva húmeda, acompañado por la naturaleza en abrazo panteísta del que nadie puede despojarme. Lo de la alcantarilla procede de la simple idea de que en una alcantarilla cae cualquier cosa (hasta un borracho en pleno ciclón, como sucedió en La Habana Vieja), incluso basura y algún manuscrito perdido. Mis trabajos pueden ser inmundicia trasnochada, pero también lo contrario: entonces la alcantarilla sería mágica, con el favor de Dios.

Esta necesidad de salvar lo mío de la amenaza citada al comienzo apunta la posibilidad de que la imprenta se trague estos originales. Deben ser las imprentas del cosmos que tú habitas, las del mío no están interesadas en semejante asteroide perdido. ¿Habrá imaginado Gutenberg los problemas que conllevaría su invento? Lo dudo. Es imposible barruntar los desvelos de los perseguidores y perseguidos por el acceso a la imprenta. Nadie puede negar que la "Galaxia de Gutenberg" varió el panorama de las relaciones entre mandados y mandantes.

A veces comprendo y otras finjo no comprender. Tras peliagudos estudios en casa, a consecuencia de los cuales alguna que otra cana adorna mi cabeza, llegué a la sabia conclusión —perdonen la inmodestia— de que todos los seres humanos son iguales. (Me han asegurado que varias destacadas personalidades de la historia del pensamiento, desde hace mucho, llegaron a esa conclusión. Es posible, pero nadie les ha dispensado atención.) Por mi parte, procuré simplificar el problema, en caso de que posea categoría de tal, a su ínfimo planteamiento. Hice lo siguiente: pinté el dibujo clásico que hacen los niños de la figura humana, compuesta de líneas cruzadas y un círculo por cabeza, pero hice dos y los coloqué uno junto a otro. Como todo el mundo puede apreciar, si hace el experimento, los dos son iguales. El conteo de los componentes de ambos arroja una cabeza, tronco y cuatro extremidades para cada uno de los dibujos.

Ahora te daré datos: supongamos que el de la izquierda piensa en rojo y el de la derecha en azul. La situación quedaría así: a pesar de la diferencia de colores, si te fijas y tienes paciencia, verás que, aplicado de nuevo el conteo, obtenemos el mismo resultado: cabeza tronco y cuatro extremidades para cada dibujo.

Si nos atrevemos a desafiar nuestra capacidad de análisis invirtiendo la cuestión observamos lo siguiente: el de la izquierda piensa en azul y el de la derecha en rojo; se observa el mismo conteo y el resultado permanece igual: ¡asombroso!

Pero podemos presionar aún más nuestro intelecto: la mitad de la cabeza del dibujo izquierdo piensa en rojo y la otra mitad en azul. El dibujo de la derecha sufre la misma dicotomía: ¡permanecen iguales! No me creerás si te aseguro que cuestión tan simple es harto difícil de entender para muchos. Pero como me creo poseedor de la verdad he decidido, sencillamente, defecar en los que difieren de mi opinión, desafiando diatribas y anatemas y sin preocuparme mucho por las consecuencias.

Pienso que la obra de un escritor es una extensión sagrada de la mente, extensión viva que supera los burdos intentos de cualquiera por acallarla, así procedan del más augusto de los césares.

La humanidad y nosotros somos ya muy ancianos y nos sabemos el guión del filme de memoria. Todos conocemos el tacto de la posteridad a la hora de escoger nombres, sabemos cuáles congela y cuáles "deshiela". Lo increíble es ver cómo algunos, conociendo también el guión, hacen lo posible por ser de los congelados. Quizás sea porque están tan podridos que sólo a bajas temperaturas conservan la integridad. No hay remedio, cada hombre es un enigma.

Pero en fin, tornando al motivo de la presente, incluyo en este intento de libro los más disímiles trabajos: poemas, casi poemas, casi cuentos, fragmentos de diario, notas cruzadas, telegramas, correspondencia que nunca envié, notas de prensa, etc.; y entre todos hacen una atractiva novela, según creo envuelto en mi propia estima. El hilo que une lo heterogéneo de su composición es mi deseo de que no se pierdan, es un desesperado intento por salvarlos de la congelación (el hielo sólo me gusta para enfriar martinis).

Ya que estás al tanto de las razones que me asisten para enviarte el presente volumen, sólo me queda despedirme y rogarte que hagas lo posible por convertirme en un cliente del pobre Gutenberg. Te aseguro que hay muy poco que perder y, con un poco de fortuna, algo que ganar.

Por supuesto, esta carta es una broma, debe ir al fuego y al inodoro que lo salva todo. Lo mejor es una escueta frase:

Publica mi libro; sólo así me salvo.

Te quiere tu amigo de siempre.

Nunca tuve el valor de enviar la carta por miedo a que cayera en manos de la policía política y finalmente la tiré al inodoro. En resumidas cuentas no era más que verborrea seudointelectual y el desagüe de la ciudad se la llevó y la unió para siempre al mar. La novela, *La alcantarilla mágica,* la quemé el día que siguió a una noche de extremo terror en la que tocó a mi puerta un agente de la Seguridad del Estado acompañado de dos más. No mostraban buenas caras. Por suerte buscaban a otra persona y tenían la dirección equivocada.

Meses después, con más profesionalismo en el clandestinaje, más frialdad, con el escondite de la cisterna preparado y con una desesperación mayor, comencé a reconstruir *La guerra de los tejados*, que pensaba enviar al extranjero, y que así hubiera hecho si Lourdes y sus amigos no se hubieran atravesado en mi vida de forma tan inusitada esa noche vigilada de La Habana que cambió el curso de mi vida.

Escribir en Cuba bajo el régimen dictatorial es un pasaje directo a la prisión. Todo aquél que escriba es sospechoso, aunque todo aquél que no escriba también lo es. Pero yo estaba decidido a pasar por el calvario de las detenciones con tal de asegurar que mi vida no sería una pérdida que me conduciría, tarde o temprano, al suicidio.

En mi caso las raíces venían de muy lejos porque la rebeldía no nace espontáneamente. Mis padres comenzaron a comprender que los quebraderos de cabeza que mi conducta les acarreaba tenían su origen muchos años atrás —un origen bastante insospechado para que tuviera consecuencias en una isla del Caribe— y nadie hubiera podido, en aquel entonces, relacionar con tan larga cadena de causas y efectos que culminaría con los problemas de inadaptación que yo presenté. Yo poseía una ilimitada capacidad para estar siempre ausente del mundo. Mi padre decía: "demasiada música y demasiada imaginación", y algunas veces sometía su análisis a mi madre que asentía sin chistar.

Quizás el primer eslabón de mis desgracias (sumado a muchos otros) —y por cierto, también de las de Johnny, Lourdes y Raúl— comenzó cuando un joven inglés matriculó en el Instituto de Arte de Liverpool y, deslumbrado por la estela de Elvis Presley, decide formar un grupo musical, The Quarrymen, en 1954. Ese joven inquieto fue noticia constante en el mundo durante una década y firmó en el rostro de la posteridad. A John Lennon después se le sumaron tres músicos más para crear lo que todos sabemos. Y un disco de ellos entró en mi casa con su apariencia inofensiva: "Please, please me". Cuando mi padre me vio bailar solo al compás de esa "desenfrenada" música —según la catalogaba— propietaria de un timbre inusual y hasta el momento desconocido, se molestó por la irreverencia —irreverencia que mi padre usó en su época para su propia liberación (con otra música, claro está) y que ahora veía mal porque contribuía a la liberación de los demás, específicamente de la mía— y no supo valorar el peligro en su verdadera dimensión.

Cuando los hombres de negocios olfatearon mina de oro uno de ellos, Brian Epstein, se las ingenió para convertirse en el empresario del grupo y lo llevó a Hamburgo, primer viaje de los músicos hacia la revolución de una década de la que yo tampoco me escapé. Cuba se mantuvo al margen de esa revolución musical que trascendía a lo sociológico porque, para revoluciones, con la gubernamental bastaba. Pero esa música tomó carácter clandestino, lo que la hizo más atractiva. La invasión de rebeldía que sufrieron los jóvenes como yo —a pesar de los esfuerzos del gobierno por evitar la contaminación— fue gradual, paso a paso, y su génesis se pierde en el tiempo, tal vez cuando en las colonias del norte de América los negros de ascendencia africana entonaban sus cantos de llamado y respuesta para soportar mejor el trabajo agotador. Era una raza cantante y los "black spirituals" fascinaron los oídos de blancos y la sensibilidad de los genios. El ritual, por su naturaleza magnética, sublima el ánimo y da lugar a la fusión religiosa y pagana, occidental y africana, en fin, americana, mezcla que se da en Cuba en forma de verdadero "ajiaco racial", parafraseando a don Fernando Ortiz. Y surge el jazz, una de las primeras causas de los dolores de cabeza de mis padres y de mi rebeldía. Del jazz y el blues nació —fundamentalmente de este último— el rock and roll con Elvis al frente de una multitud de buenas y malas imitaciones. Mi padre también, en su época, escuchó entusiasmado el "Hound Dog" de Elvis sin imaginar que sus quebraderos de cabeza se acercaban. El mundo estaba patas arriba, como siempre ha estado, y muchos se niegan a escuchar el ruido. Pero la juventud sí escucha, y yo era joven, así que la música de los Beatles se escuchaba y se bailaba a escondidas y se convirtió, sin saberse cómo, en algo más que una música, especialmente dañina en Cuba donde la primera canción que se escuchó del cuarteto, radiada oficialmente, fue nada menos que "Penny Lane", canción muy posterior a la promoción del cuarteto inglés a suceso internacional. Mis padres comprendieron que algo de todo eso había calado en mí —me imagino que a los padres de Lourdes, Raúl y Johnny les pasó lo mismo— y se reconoció culpable en cierta medida como promotor de las posturas que eran intrínsecas a esa cultura musical. Mis padres no podían ya, a esas alturas, hacer nada contra mi irreverencia. Ya era tarde, muy tarde, tanto para ellos como para mí.

Del rock and roll, rígido, algo exclusivo, se desprende el rock a secas, que abre sus brazos a todos y a todo, recibiendo con beneplácito el jazz, el blues, el country, la música sacra, la música folclórica —árabe, india, americana— y hasta las formas clásicas comenzando por Johann Sebastian Bach. Era una nueva religión que sólo exigía tener oídos, por tanto, cualquiera cabía en ella.

Todo ese acontecer —lleno de notas musicales y letras extrañas— conformó una estética que, bien promocionada y con el atractivo sello de prohibida, reclutó a muchos y a mí mismo que me negué, a partir de un momento de mi vida, a pensar de otra forma que no fuera la que yo entendía correcta; ya era un profesional del estar en contra.

Así que con mi nueva profesión tuve que decirle adiós simbólicamente a mi querida Habana con su noche vigilada porque ya era un hombre libre, un fantasma que no estaba en la prisión de puro milagro. Ya no soportaba nada oficial, ni los extraños titulares de la prensa, sus absurdos impresos que en muchas ocasiones me hacían reír y en otras, cuando eran muy aburridos y oficiales —todo mentira de la peor— los transformaba inventando mis propios cintillos de primera plana, aludiendo a lo peor del acontecer nacional. Un accidente de dos automóviles en mi ciudad se podía convertir, para mi imaginación, en un trágico accidente en una azotea de La Habana Vieja, donde un gorrión muere electrocutado a consecuencia de un cable viejo y pelado de 110 voltios. Otra noticia puede ser la aparición de la Virgen en la bahía de La Habana y el inmediato desmentido de las autoridades eclesiásticas. La población, de todas maneras, sabía que la noticia era falsa: demasiado pútridas las aguas, hasta el extremo de que se puede caminar sobre ellas repitiendo el milagro bíblico. También de interés fue la suerte de un usuario de un teléfono público de La Habana Vieja que en día de lluvia, tratando de llamar al Vedado, comunica con el Kremlin.

Si de las epidemias se trata los índices son espeluznantes: aumentan los casos del Síndrome de la Memoria Deficiente Adquirida en los últimos seis meses. Nadie sabe cuáles son las causas del aumento (algunos aseguran saberlo pero no quieren hablar). A veces las noticias de la prensa oficial eran tan divertidas que se podían quedar en mi memoria tal y como estaban, como la siguiente publicada en el diario *Granma*, órgano oficial del partido comunista de Cuba:

Caballos protegen niña

Mirangul Bozbaeva, una niña de cuatro de edad, de la República Soviética de Kazajstan, fue salvada de la muerte gracias a la inusitada protección que le ofrecieron tres caballos. Durante tres días la pequeña se mantuvo extraviada en los altos pastizales de la estepa de esa región hasta ser hallada por una cuadrilla de pastores a la orilla de un canal donde formaban un círculo tres caballos con las cabezas inclinadas hacia el suelo, los que protegían a la niña trasmitiéndole sobre el cuerpo el calor de su respiración.

También, para no tener que publicar lo que sucedía en Cuba, la prensa oficial se dedicaba a promover causas nobles . . . pero en lugares muy lejanos del planeta. Aquí va un buen ejemplo:

Saint Pierre. Sesenta y tres ballenatos de la especie de los globicéfalos, llamados resopladores, agonizan en las playas desérticas de este departamento francés, tras haber encallado misteriosamente hace dos días. Expertos del Instituto Científico de la Pesca Marítima conjeturaron que los ballenatos, que viven en grupos y son siempre conducidos por un jefe, se dirigieron hacia las playas a raíz de un error de su sistema de dirección, semejante al radar, perturbado por ciertos parásitos. Los científicos notaron un número inusual de parásitos en los ballenatos, y estimaron que ello había impedido al conductor del rebaño determinar con exactitud su rumbo.

Y para no tocar el tema del alto índice de suicidios en la población cubana, la prensa oficial publica los suicidios ajenos:

Suicidio colectivo

Unas cuatrocientas ballenas procedentes del mar territorial argentino murieron en el litoral del Brasil por problemas de ambientación, según el informe divulgado por una Comisión de Defensa de la Ecología. Esta especie de ballenas es de color negro, con longitud media de 2,5 metros y un peso de cien kilogramos. Se cree que las ballenas perdieron la ruta en el litoral argentino y entraron en las corrientes de agua cálida del litoral brasileño, lo cual les causó una tensión ambiental.

Muy considerados en el *Granma*, sin duda, con las muertes de las ballenas. Tal vez esta noticia refleja más la sicología de mi suntuoso jefe de estado vitalicio, quien asegura que primero la isla de Cuba se hunde en el mar antes que permitir que él pierda su poder omnímodo:

Una cita con Moby Dick

Un episodio reciente está dentro de las más añejas tradiciones marinas, y con un poco de imaginación podemos asociarla al final de la lucha del capitán Ahab y Moby Dick, la Ballena blanca.

El pasado agosto, en aguas del Atlántico, a unas doscientas millas de Portugal, navega en viaje de regreso el ballenero factoría Tunna, 543 toneladas, de bandera noruega. A un costado, y casi a tiro de cañón, se alza un poderoso surtidor de agua que indica la presencia de una gran ballena. En tal situación, el capitán Ahab, de pie en la proa de la chalupa impulsada por rudos remeros, se hubiese lanzado en la persecución del enemigo, el arpón firmemente sujeto y concentrada su mirada delirante.

Pero en el Tunna las cosas no son así. En el puente de mando su curtido capitán K. Vesprhein, de 52 años, al ver el chorro de vapor pulsa botones, suenan chicharras, el arponero corre al cañón, y el timonel se atiene a las instrucciones que le imparte el lobo de mar. Un seco estampido sacude la nave, y atravesando el aire parte el arpón que deja tras él un rastro de soga zigzagueante. Hasta la tripulación llega una explosión amortiguada. Han hecho blanco. La cola del animal llena de espuma y pequeñas olas a su alrededor que rápidamente se vuelve rojo. Dicen que el momento del arponazo es siempre nuevo y emocionante. El resto es pura rutina. Sin embargo, esta vez terminará en tragedia. El enorme bicho atrapado, de más de veinte metros de longitud, es enlazado para subirlo al navío. De forma sorpresiva e inexplicada, el barco da un bandazo y la enorme presa se desplaza de manera tal que desequilibra la nave. Se escora ésta violentamente, ayudada por las 450 toneladas de carga congelada que hay en las bodegas. La masa de agua penetra en el cuarto de máquinas y el buque inicia un lento viaje sin regreso hacia las profundidades. Los cuarenta y dos tripulantes se ponen a salvo en los botes, tal como les ordena el capitán. En vano le imploran que se una a ellos. Vesprhein, impasible, en el puesto de mando se desliza hacia las profundidades. ¿A una cita con una moderna Moby Dick?

La respuesta a esa pregunta pertenece exclusivamente a la famosa novela de Herman Melville. El gesto del capitán pertenece, esto sí, a la más rancia tradición de los marinos de la romántica época de los veleros.

Todos en esta isla, en esta Habana con su noche vigilada, estamos sujetos al posible arponazo de un maníaco que nos mira desde todas partes como el Big Brother. Así que me inventaba mi propia vida y mis propias alucinaciones pasaban a ser realidad, sin transición, en escape definitivo al país privado y personal de mis sueños. De esta forma de vez en cuando hablaba por teléfono con Jorge Luis Borges (sé que esto nadie lo va a creer); o repasaba los libros amontonados en la mesita de noche: *El lobo estepario,* Hermann Hesse; *El resucitado,* D. H. Lawrence; *Los Idus de Marzo,* Thornton Wilder; *Orlando,* Virginia Woolf; *El beso de la mujer araña,* Manuel Puig; *El halcón maltés,* Dashiell Hammett; y orinaba en las obras escogidas de Lenin en versión española editada por la Academia de Ciencias de la URSS con tapas empastadas; o miraba mis obras alineadas en un estante que no existía salvo en mi deseo.

Así vivía desde que salí de la prisión y era un no persona y La Habana ya no era como antes, cuando aún había locos en sus callejones, como Celia —ahora exiliada en España— que aseguraba ser la reencarnación de una sacerdotisa o princesa egipcia (o al menos algún personaje real). Y ella era nada menos que el tercer caso que encontré en una ciudad relativamente pequeña como La Habana —dos millones de habitantes— que aseguraba ser una princesa egipcia en vidas anteriores. En cuanto a Madame Blavatsky, conocía cinco o seis de sus reencarnaciones.

En fin, que mi entorno natural de rebeldía quedaría atrás si yo me marchaba de Cuba, para que se cumpliera lo que dice Lawrence Durrell en *Balthazar*, de *El cuarteto de Alejandría:* "Nadie puede ser rebelde demasiado tiempo sin terminar en autócrata". Sin dudas era mejor no convertirse en autócrata. Y también quedaría atrás la permanente búsqueda y el cansancio que provoca el hallar siempre a la mujer no buscada; se perdería el delicioso placer de no trabajar para el estado, porque ya lo dijo Cesare Pavese: "Laborare stanca", y escuchando a los Beatles, que me quitan los deseos de trabajar, era la combinación perfecta para comprender que la vida es complicada y que nadie me había avisado sobre el particular, lo que trae por resultado que últimamente me equivoque con frecuencia y logre determinar que sólo hay dos tipos de dolor: el propio y el ajeno, y que el estado normal del ser humano es estar en contra, y que mis preocupaciones aumentan porque, al parecer, me estoy volviendo cuerdo.

Por otra parte me han dicho que en las democracias se pierde el encanto de la rebeldía. Uno puede decirle al presidente hijo de puta con sólo tener un permiso, por tanto las equivocaciones están reglamentadas, son falsas, y yo soy un adicto a la equivocación y me creo verdadero artista, y los verdaderos artistas no tienen gobierno y, en el peor de los casos, lo escogen ellos mismos. Yo quería escoger el mío.

Sin duda, el ejemplo a seguir era el de Heberto Padilla, lograr que Occidente me reconociera como escritor para salvar la vida, escapar de las manos del tropical Big Brother que definió con claridad lo que se llamó más tarde política cultural oficial: "dentro de la revolución todo, contra la revolución nada".

Lourdes, Johnny y Raúl, con su aparición inesperada en mi vida, echaban a perder mis planes, me ponían en peligro a mí y a todo lo que quería, sobre todo a mi novela *La guerra de los tejados,* lista para la imprenta de otros mundos, y perfecta para los archivos de la policía política cubana.

III

El comienzo de siglo que Lourdes me proponía era un infierno. No se trataba del principio de un siglo cualquiera, era el principio de un siglo de desgracias para mí, para mis planes, ajenos a la linda cabecita de Lourdes. La intromisión de ella en mi vida, y sobre todo el hecho de que yo estuviera al tanto de la fuga de la isla que planeaba, echaban abajo el meticuloso plan que había trazado para sacar mi novela al extranjero, publicarla, y convertirme en un ciudadano "protegido" por la atención que me dispensaran del extranjero. Si me marchaba del país y llegaba a La Florida —en caso de que la balsa no se hundiera en el trayecto— me convertiría en un exiliado más, parte integrante del más de un millón de cubanos que viven en el extranjero. Lo que tenía verdadero valor era oponerse desde dentro, en el mismísimo territorio del Big Brother barbudo.

Lourdes me miraba tratando de adivinar qué pasaba por mi mente, qué haría ahora que ya sabía su secreto.

—Es la mejor solución para todos —dijo con timidez—. Allá podemos . . .

—No me incluyas en ese "todos", Lourdes —contesté bastante molesto—. No sé nada de ti, ni de Johnny ni de Raúl. Ustedes llegaron de pronto a mi mesa en el restaurante y ahora estamos aquí, enredados en una salida ilegal del país y yo de cómplice sin quererlo.

—Tú no has hecho nada. Si yo pudiera explicar . . .

—No he hecho nada, pero a la Seguridad del Estado eso le importa poco. Eres una mocosa comemierda y estúpida. Aunque tal vez no, tal vez el estúpido y comemierda soy yo que permití que esto sucediera a pesar de saberme el cuento de memoria y desde hace tiempo.

Lourdes rompió a llorar. Era el viejo recurso usado una y otra vez y que casi siempre daba resultado. Pero me mantuve en silencio, sorbiendo el té y pensando qué hacer.

—Aquí, si te quedas en Cuba, a la larga irás de nuevo a prisión —alegó entre sollozos—. Ellos no van a permitir un escritor disidente, aquí no hay espacio para un Boris Pasternak y mucho menos otro Heberto Padilla . . .

—Mi vida la administro yo, Lourdes, no necesito tus consejos, y menos si no los he solicitado. Además, yo no soy un Pasternak ni mucho menos.

—Afuera publicas tu novela y será tan importante como ella se merece. . . . Tú sabes que . . .

—No puedo, Lourdes, aunque quisiera. Mi meta es publicar la novela en el extranjero estando aquí, en Cuba, y pagar el precio. Y no me importa lo que suceda: ellos también pagarán el suyo aunque muera en prisión.

—Es un suicidio.

—Alguien tiene que comenzar para que se detenga tanta insania en esta isla de mierda.

—No tienes que ser tú, o puedes hacerlo con más inteligencia, sin que pagues con muchos años de prisión o con la propia vida. Es exagerado.

—Alguien tiene que dar el primer paso . . . —dije maquinalmente.

—Ese primer paso sería el único, Alberto —señaló Lourdes y continuó mirándome a los ojos—: no hay segundo paso. Nunca van a permitir que se desmorone el control absoluto que tienen sobre la sociedad. Tú y yo, y Johnny y Raúl, todos estamos atrapados en este ciclón de locura. No tenemos otra alternativa que escapar . . . Podemos ser felices en otro país... No hay necesidad de ser mártires. La vida es una sola, fuera de aquí todo es distinto, lejos de aquí todo es posible. Cuando estemos en Miami . . .

—Tú no sabes si vas a llegar a Miami —interrumpí.

—Claro que sí: todo está bien preparado.

—Ya yo pasé por eso, Lourdes, no sabes lo que estás hablando, no sabes lo que es estar en alta mar en condiciones de náufragos, encima de un pedazo de tabla que flota de puro milagro.

—Si no te arriesgas, no triunfas. Basta con hacer el intento y probar suerte . . .

—Mi riesgo es otro, escogido por mí. ¿Te parece poco lo que me espera cuando mi novela se publique allá?

—Por eso te pido que no lo hagas y que me acompañes.

—Olvídalo.

—Sé que es una tontería, pero te quiero, me gustas . . .

—No me vayas a decir que estás enamorada de mí porque me puedo morir de risa ahora mismo.

—Pues si no lo estoy, ando cerca.

Y me abrazó. Sus labios primero besaron mi frente y después los míos. La chiquilla me gustaba y eso era un factor en mi contra y a favor del peligro desatado en la noche vigilada de La Habana. De alguna manera, no sé cómo, el ejemplar de *La guerra de los tejados* fue a parar al piso y nos enredamos de nuevo en el sexo que sin remedio me conducía por el peor de los peligros.

Para nuestra sorpresa Johnny regresó acompañado de Raúl. El escritor en ciernes logró escapar de sus captores. Nunca pensé que pudieran ser ellos, supuse que pudiera ser Johnny, pero nunca con Raúl, que logró escapar y literalmente volar sobre los adoquines para romper record de velocidad. Estaban demacrados, asustados y se habían encontrado en la Terminal de Ferrocarriles. Johnny había hecho un recorrido por varias estaciones de policía sin éxito alguno. En todas el oficial de guardia revisaba la lista de detenidos y le decían que Raúl no estaba allí. Johnny, invariablemente, pensaba en algo que había leído en una novela de detectives, algo desterrado de las leyes cubanas: el habeas corpus. Finalmente, frustrado y de regreso a mi casa, Johnny se bajó de la Ruta 43 que lo trajo de vuelta de la estación de policía de la calle Zanja a la Terminal de Ferrocarriles. Allí, deambulando y sin saber qué hacer, encontró a Raúl buscando la calle Curazao. Raúl sabía el nombre de la calle, pero no recordaba el número 24, el de mi casa. Y así aparecieron como por arte de magia escapados de las mismísimas garras de una recogida contra la juventud en la Habana Vieja.

Pero Raúl estaba muy desanimado porque había perdido su novela. Tuvo la oportunidad, sin que el policía que lo tenía sujeto por el cuello del pullover se diera cuenta, de tirarla en los latones de basura de La Bodeguita del Medio. Su ánimo era una mezcla de alegría y tristeza. No cabía dentro de sí, estaba contento porque logró escapar, pero triste porque perdió su novela. Reflexionando en voz alta decía que hubiera preferido que lo apresaran con la novela. De esa forma lo hubieran condenado, para así cumplir una sentencia y convertirse en un escritor como yo, marcado en el carné de identidad como ex preso político y con derecho a salir de Cuba como refugiado hacia los Estados Unidos.

Era indudable la fascinación que ejercía sobre los escritores contestatarios en Cuba ser acuñados y recibir el espaldarazo de las autoridades a través de una condena en prisión. Sin duda el ejemplo de los intelectuales perseguidos dentro del campo socialista europeo se consideraba como una vía pequeña, una fisura diminuta dentro de la muralla de una sociedad cerrada por la que se podría pasar para salvar la vida, por donde tal vez podría verse un rayo de luz que indicara esperanza. El plan de Raúl era más o menos el mío, pero yo quería llevarlo a cabo en Cuba y él en el extranjero, con su grupo de amigos que es lo mejor que le puede pasar a un joven: mudarse a otro país con su grupo natural de amigos. Es la mayor bendición que puede caer sobre un hombre joven. Eran tres personas llenas de sueños y querían —al menos Lourdes lo quería— que yo sumara mi sueño al de ellos, pero yo no estaba convencido. Aunque a estas alturas ya no sabía qué hacer sobre todo después que Raúl confesó lo que no había dicho aún. Él y Johnny se miraron y titubearon si confesar o no.

—Dilo tú —lo animó Johnny.

—No, dilo tú —respondió Raúl.

Lourdes y yo nos miramos. Había una parte del cuento que no sabíamos. Raúl se decidió finalmente:

—Ellos tiene mi carné de identidad. En el momento que el guardia me soltó para coger el carné aproveché para huir.

—Estás perdido —dije.

—Yo lo sé —admitió Raúl—. Por los datos del carné de identidad me rastrearán . . . Y darán con todos nosotros.

Johnny intervino:

—Lourdes, ya escuchaste; tenemos que irnos cuanto antes, no podemos dilatar más lo nuestro.

Lourdes tragó en seco antes de hablar:

—El también va con nosotros —declaró señalándome a mí.

Sus palabras desataron un huracán. Raúl y Johnny comenzaron a hablar al mismo tiempo, cada uno argumentando lo suyo y demostrando su sorpresa. Se trataba de un secreto de un grupo de amigos y yo era un intruso. Ellos no sabían que yo los consideraba los intrusos más inoportunos que había conocido en mi vida. Cuando se calmaron, Raúl preguntó directamente a Lourdes:

—¿Fuiste capaz de decir nuestro secreto?

—Él también está solo; nos necesita.

Johnny intervino hecho una fiera:

—Lo conociste hace poco, te acostaste con él y ahora lo llevas en nuestra balsa.

Era la declaración de la tercera guerra mundial. Raúl, que no sabía nada, preguntó a Johnny halándolo por la camisa:

—¿Ellos se acostaron?

—Ahora eso es lo de menos —contestó Raúl y acusó a Lourdes—: ¿Dónde está el juramento de amistad, de discreción? Este hombre es un extraño, no es de confianza, lo conociste hace unas pocas horas . . . No te entiendo, Lourdes, no te entiendo, creo que ya no somos los mismos.

Raúl agregó, rotundo:

—Eres una mierda, Lourdes.

Pero la muchacha tenía dotes. Impuso silencio y amenazó con irse a su casa si continuaba la discusión. Explicó que yo les había dado refugio cuando la policía los perseguía y que debíamos corresponder, que en la balsa había espacio suficiente y que todo saldría bien. Agregó que, en resumidas cuentas, yo era uno de ellos, un ex preso político marcado en mi carné de identidad.

—Él también merece un pedazo de paraíso —y concluyó—: Alberto va con nosotros.

Los dos jóvenes se quedaron en silencio. Era evidente que lo que Lourdes dijera era ley. Pero en ese momento intervine yo:

—Yo nunca he dicho que voy con ustedes.

Aunque ya no estaba seguro de eso. Después de todo, el primer producto nacional cubano son los presos, y el segundo los políticos, causantes de los primeros. Por mi condición yo siempre sería materia prima para mantener la producción que llenaba las cárceles, por tanto, un candidato a seguir siendo, por siempre, un producto nacional. Después de todo el desarrollo de un país se mide por su población penal, y Cuba, en ese sentido, es un país desarrollado.

Tendría que decir adiós a mi Habana definitivamente, porque la dictadura que sufríamos era de las que permanecen hasta la muerte de su caudillo. La Habana quedaría para siempre atrás, con sus muertos ilustres vagando por los adoquines, portales, esquinas y parques. Nunca más vería la casa que fuera de José Lezama Lima —ese exiliado interno, asmático, de buen apetito y fumador empedernido de puros— con su ventana que da a la calle escoltada por un tiesto de colores y un absurdo, los murmullos de una anécdota simple que siempre fue historia. Esa casa estaba hecha de asma, vigilia, tabaco, café y olor a libros. Era un mundo encerrado para siempre tras persianas que nadie osaría romper.

Tendría que renunciar a los colores de los vitrales, las trampas del día que inventó Amelia y que no son más que luz hecha explosión, trampas cotidianas que se filtran entre la miel y el azúcar de la atmósfera de la ciudad —maquillaje de ciudad extraterrestre— para que los niños jueguen con los insólitos reflejos.

Atrás quedarían los arpegios de los trovadores, las muchachas bamboleantes de pelo suelto al viento, de ojos limpios y traviesos. Atrás quedaría mi casa, mi Curazao 24, que no es más que una mansión de animales donde las cucarachas asoman sus antenas por cualquier hendija y luego salen en busca del mendrugo olvidado. Las hormigas cargan su alimento para invernar el frío hipócrita del trópico. Los ratones escalan lo inimaginable para conseguir el sustento entre sobresaltos felinos. Arañas, lagartijas, ciempiés, moscas, mariposas, comején, polillas, garrapatas y pulgas. Todos comparten mi cautiverio, todos me quieren, todos esperan junto a mi espera bajo el trono de mi perro que vigila mi insomnio presto a defenderme. Lo sé cuando siento esa multitud de animales esperar mi vuelta de cualquier gestión hasta volverse taciturnos con mi contagio. Sé que me quieren: poseo un séquito de honor que envidiaría cualquier soberano y que tendría que dejar atrás para siempre si me iba en esa maldita balsa de mi noche vigilada, que no es como el galeón de mi refugio, donde timoneo contra el viento y las nubes cubren el techo de mi cerebro, donde mi rótula traquea y la hipófisis respira con dificultad tanta información extraña. Aunque exista un niño asustado en medio de la sala de mi casa el pasado se desdibuja en las paredes. Nadie repara en ese niño, sólo un sacerdote de oficio oscuro que renunció a su rostro y que convierte mi casa en un naufragio en tierra firme (¿firme?). Después de todo, si la dejo atrás, también abandonaría la cerradura fatal que murmura combinaciones, que predice universos y que a veces me encierra a soledad hermética de libros y música, y otras veces me libera abriendo al mundo la puerta única. Por mi cerradura espío y me espían y tengo la llave colgada al cuello y envejece conmigo día tras día. Hay cerraduras para cada habitación y es sólo cuestión de tacto lograr que liberen o encierren. Las cerraduras las inventó el hombre y el hombre la sufre o las disfruta: siempre hay algún inventor de cerraduras para cualquier habitación ocupada, y no me salvo de esa regla en este, mi país, que posee una geografía común, cercado de costas por donde el mar lo vigila con salitre y peces tiernos, caracoles y otras especies extinguidas. El cielo lo cubre de norte a sur y de este a oeste sin dejar un pedazo de tierra sin techo —azul, blanco, marrón— según las circunstancias. Las montañas son pocas y muchas las palmas (las ceibas son tremendas, majestuosas). Hay murciélagos en cualquier parte y ríos aburridos que no logran endulzar el mar. Hay cuevas místicas y locos distinguidos. Palomas en las azoteas de los niños traviesos y gorriones en el Parque Central —con José Martí al centro— que ensucian a los desprevenidos. El subsuelo es un misterio y la tierra bendice cualquier semilla caída al azar. Tiene un Capitolio con su diamante viajero y muchas estatuas y columnas. Mi país procede de algún lugar no determinado —¿Lemuria? ¿Atlántida?— sin animales venenosos, sin insectos dañinos. Se pueden encontrar parejas de amantes mentirosos en cualquier parque a la deriva. Dos canales de televisión (¡la vida moderna!), periódicos y revistas, restaurantes atractivos, hoteles confortables —hasta Biblioteca Nacional— y callejones sin salida. Mi país tiene memoria —historia, filosofía, y letras— según las circunstancias. También sus ciudadanos disfrutan de un carné de identidad —azul o verde o rojo— según las circunstancias. Mi país tuvo tortugas cuando Sebastián llegó a la capital, papalotes y pescadores submarinos, granizaderos por Malecón —esa especie del verano— y trovadores de barra amaneciendo. Mi país tiene un indio Hatuey con su cerveza de doce grados. Instituciones, hospitales y ambulancias. Mi país parece un barco —más bien cetáceo que emerge— trotando el Caribe. Mi país tiene héroes —mártires, traidores, patriotas y apátridas— según las circunstancias. Mi país tiene libros — ¡bendición!— y canciones pegajosas. Mi país me tiene a mí ahora indeciso si dejarlo o no, según las circunstancias, y el manual para estudiarlo no está escrito. Mi país tiene bandera, himno nacional y escudo bajo cualquier circunstancia, y congas a medianoche cuando el silencio lo soporta. También hay prisiones y playas, carreteras, aeropuertos y puertos —y vivos y muertos— según las circunstancias. Mi país sencillamente transcurre —imagino que como todos— en su espacio y tiempo dedicado a su historia. Mi país tiene algunas cosas que olvido en esta relación —descripción, acta, anuncio— según las circunstancias. Y también tiene —¡lo olvidaba!— circunstancias, muchas circunstancias.

Así que todo se resume, antes de navegar en una embarcación de fortuna, a seguir al pie de la letra el manual de recursos para vivir hasta mañana que había redactado, que se resumía a inventar varias cosas para llegar vivo al día siguiente, como escuchar a los Beatles, que siempre ayuda, o decir a cualquier mujer "ámame como si fuera otro durante la noche" hasta caer agotados al amanecer cuando en el barrio imperan ruidos de desayuno. Hablar con un amigo por teléfono y escuchar su alegría del otro lado del Estrecho, inventar un baño, una buena afeitada y acto seguido vestir ropas limpias para salir al mundo disfrazado de hombre cuerdo y uniformado. También tomar café sorbo a sorbo hasta caer intoxicado ayuda, o fumar demasiado para mis pulmones hasta toser el aburrimiento. Puedo preparar un banquete de mendigos, aceptar alguna visita que me deja vacío, tomar el sol, nadar en la playa. Puedo llenar otra página de un novela inconclusa —*La guerra de los tejados*— puedo pensar en Dios, en alguien que esté peor, y también puedo mirar al espejo y observar mi cuerpo desintegrarse con la época. Para vivir hasta mañana puedo inventar varios trucos, variantes de trampas de otras trampas y así, al menos, llego al día siguiente respirando y puedo leer estas líneas como un manual de recursos para vivir hasta mañana.

Dejar mi casa por el simple hecho de que un grupo de tres jóvenes demasiado ingenuos y desconocedores de la vida se insertaron en mi noche vigilada de La Habana es algo serio, muy serio. Dejar atrás para siempre mi Curazao 24, dirección perfecta que nadie sabe quién la habita, con las ventanas nunca abiertas que evitan comentarios. La puerta, siempre cerrada, impide atisbar al interior y nunca me sorprenden al entrar o salir (dicen que padezco de exilio interno). Se sabe de mí por una luz al fondo, solitaria, reflejada en los cristales, el tecleo de una máquina en la madrugada y un esporádico olor a café. Me tratan de fantasma en el barrio. Ni en la bodega pueden describir mi rostro. El cobrador de electricidad alega ignorarlo —siempre deja el cheque por debajo de la puerta— y el vendedor de periódicos jura desconocerlo. Pero todos saben que vivo ahí, no cabe duda, en mi Curazao 24 que ahora peligraba por la intromisión de Lourdes y sus fantasías.

Así que tendría que renunciar a mis calles, a esta ciudad de La Habana con sus harapos de viento y secreto, con su historia nublada de nubarrones y natillas, de caminatas por la infancia en las que yo lo señalaba todo con el índice y mi madre respondía yo no sé, yo no sé. Tendría que renunciar a la memoria que tanto cobija, a los campanarios y a los sobresaltos. Era renunciar a mi mismo, al espectáculo de la Catedral mojada por un aguacero que abría el portón de lo sublime permitiendo que dos cabezas se unieran y algunos ángeles bajaran hechizados por tanta belleza.

Era renunciar.

Pero también tenía miedo.

También metas: *La guerra de los tejados*.

Y todo había salido mal esa noche vigilada de La Habana. Me senté en un butacón de la sala y, mirando al suelo, declaré:

—Voy con ustedes.

Lourdes me abrazó y los dos muchachos me miraron resignados.

IV

El primero en morir fue Raúl. Con un poco de sentido común y capacidad de anticipación no era difícil adivinarlo. Llevábamos ocho días en el mar y calculo que nos encontrábamos a unas setenta millas al norte de Cuba y en la dirección correcta, es decir, al sur de Key West. Su constitución física no lo traicionó: era débil y enfermizo y un viaje así, de fortuna, no estaba hecho para él. Llevaba más de veinticuatro horas alucinando. El fuerte sol y la escasez de agua lo hacían hablar disparates. Ya habíamos perdido la vela y los remos y sólo nos quedaba esperar por alguien que nos viera y nos rescatara.

Estábamos dormidos y con la balsa a la deriva. Nos despertó el choque de su cuerpo con el agua, o mejor dicho, me despertó. Cuando abrí los ojos y vi su chapoteo comencé a gritar. Lourdes y Johnny se despertaron.

—¡Se tiró! —avisé y acto seguido me lancé tras él.

Pero los gritos de Lourdes y Johnny detuvieron mis brazadas. Saqué la cabeza para escuchar qué me decían:

—¡Tiburones! ¡Tiburones! ¡Regresa!

El oleaje había alejado a Raúl hasta dejarlo fuera de mi alcance. Regresé sacando fuerzas no sé de dónde y ellos me ayudaron a subir a la balsa. Lo vimos todo. La agitación del agua, los surtidores de espuma, la mancha rojiza, las aletas y las colas de los escualos. Lo más impresionante fue que no profirió ni un solo grito. Murió en silencio. Desde ese día los tiburones nos acompañaron siempre en espera de otro banquete.

Al duodécimo día Johnny estaba inconsciente y Lourdes casi ni se movía. Yo estaba en mejores condiciones —aunque tenía las piernas paralizadas— y cuando lograba atrapar algún pez que subía a la balsa, lo partía con las manos y echaba algunas gotas de jugo en la boca de los dos. El sol era propio de una película de ciencia ficción. El mar era un espejo asesino de rayos brillantes. La sed nos retorcía desde adentro.

No supimos cómo fue, pero lo cierto es que desperté en un hospital de Key West. De acuerdo con la enfermera, nos recogieron cuando llevábamos dieciocho días en el mar. Todos estábamos inconcientes . . . y Johnny muerto.

Cuando intenté decir algo, la enfermera me hizo un gesto para que guardara silencio y agregó:

—Ella se salvó.

V

La suerte de los balseros que llegan es casi siempre la misma. A pesar del paso tambaleante, la piel quemada y el evidente cansancio, los rostros desbordan felicidad y agradecimiento. El peligro y la fatiga ya pasaron. La meta fue alcanzada y, por tanto, hay que celebrar el acontecimiento. Visten harapos —la ropa hecha jirones— y los dedos de los pies descalzos se aferran torpemente al piso como si aprendieran a caminar de nuevo. Posan ante las cámaras —¿yo, por televisión, en la prensa?— los "flashes" relampaguean y los micrófonos cercan sus rostros demacrados. Pronuncian las primeras palabras —un tanto incoherentes— y algunos, incluso, besan la tierra que los recibe. No se trata de un grupo de náufragos de una tragedia en alta mar, no son sobrevivientes de un desastre aéreo que cayó al océano, tampoco son víctimas del famoso y nunca bien esclarecido "Triángulo de las Bermudas". Son, aunque parezca increíble, émulos de Papillón cuando se lanzó al agua con un saco lleno de cocos secos para escapar de la Isla del Diablo. Se trata de otro grupo de cubanos huyendo de una tragedia tierra adentro, de una isla también del diablo. Es un afortunado grupo que logró atravesar, con éxito, el Estrecho de La Florida —el Gulf Stream de Hemingway y su pesca de agujas— navegando desde Cuba en una frágil balsa construida con neumáticos inflados y pedazos de madera de desecho —una embarcación de fortuna, como se califica en los tribunales cubanos— compitiendo con la famosa *Kon Tiki*. Triunfaron, vencieron los elementos, las violentas mareas que se traducen en olas capaces de tragar balsas enteras con sus tripulantes, el implacable sol que calcina la piel hasta cubrir de llagas todo el cuerpo, el pertinaz y brillante resplandor de la luz reflejada por el agua que termina por cegar a los que se exponen a semejante multiplicador solar, el frío de la noche que hace temblar a los que se aventuran, el hambre, los mareos y los vómitos, la sed, las repentinas tormentas, los vientos contrarios o no esperados que envían las balsas al Golfo de México, o al Océano Atlántico, y los tiburones siempre hambrientos, siempre vigilantes en espera de los que caen al agua —muchas veces atacados de locura por la insolación— y que a dentelladas cercenan los sueños de libertad y felicidad de los viajeros. Es un grupo de cubanos que venció la macabra lista anterior de inconvenientes y alegres y vivos —sobre todo vivos— están listos para asistir a la entrevista. Pero ésos no son los importantes, ésos llegaron. Los importantes son los que no pudieron vencer, los que quedaron a lo largo de la travesía —como Johnny y Raúl con sus sueños literarios— y que a lo mejor nunca se sabe de ellos. Por muchos testimonios que se obtengan de balseros que arriben a Miami, por muchos datos que se puedan conseguir de los que salen de Cuba en busca de otro mundo a través de ese método, nunca se podrá saber los nombres de los tripulantes de las balsas que arriban a las costas de La Florida vacías, con el dramático testimonio del silencio, la evidente prueba visual de que alguna vez estuvieron tripuladas. Ese reportaje, esa entrevista que ningún periodista pudo hacer, esas palabras que ninguna grabadora pudo recoger, son el verdadero balance del éxito de estas expediciones de fortuna cuya lista, enlutada, reposa en el fondo del mar.

Algunos conocedores del tema aseguran que sólo llega a Estados Unidos una de cada cuatro personas que intentan el difícil viaje. Es muy incierta cualquier aseveración en ese sentido, pueden ser menos, incluso muchos más. Para tener una idea de la tragedia puedo citar a la organización Hermanos al Rescate, compuesta de pilotos privados que se dedican a rastrear desde el aire las zonas aledañas a los cayos de La Florida en busca de balseros extraviados. Según la citada organización humanitaria, en muchas ocasiones han encontrado una balsa tripulada con cuatro refugiados y seis balsas vacías. Descorazonadora estadística.

Pero hay que rastrear también en la historia reciente de Cuba para entender el fenómeno. Poco antes de 1959, durante el tiempo que duró la lucha insurreccional contra la dictadura de Fulgencio Batista, los cubanos buscaban refugio en Estados Unidos por razones políticas. Cuando triunfó Fidel Castro en 1959 el éxodo se hizo mayor y más veloz. La sociedad cubana comenzaba a sufrir una violenta transformación y la carencia de un estado de derecho con tribunales sin garantías constitucionales funcionando y fusilando a plenitud, obligó a muchos a salvar la vida emigrando a La Florida, lugar ideal por la cercanía y el clima. Después se produjo el éxodo de Camarioca —pequeño puerto de la costa norte de la isla— a través del cual y en yates de todo tipo, una buena cantidad de refugiados llegaron a La Florida. Más adelante, una vez cerrado Camarioca, se instrumentaron los llamados Vuelos de la Libertad, a través de los cuales muchos lograron escapar de Cuba después de trabajar obligatoriamente en labores agrícolas —incluso durante años— para obtener el derecho a marcharse del país. Eran válvulas de escape que el gobierno de Castro abría y cerraba a su antojo en la medida que la presión interior de su sociedad cerrada se lo exigiera. Castro se limitó a hacer uso del viejo refrán: "A enemigo que huye puente de plata". En 1980 se produjo el asilo masivo en la embajada de Perú en La Habana. En pocas horas miles de personas abarrotaron los predios de la sede diplomática después que el gobierno retirara las postas armadas que la protegían. Ese hecho condujo al puente marítimo del Mariel donde más de ciento veinte mil cubanos lograron llegar a La Florida en caravanas de embarcaciones de disímiles tipos, saliendo de otro pequeño puerto de la costa norte de Cuba —El Mariel— y entre los cuales Castro mezcló a enfermos mentales sin cura y presidiarios comunes. De ese hecho fui testigo presencial porque me encontraba, durante los días del Mariel, recluido en la prisión La Cabaña justamente por el delito de escribir mi novela *La guerra de los tejados*.

La Cabaña, fortaleza colonial española, nunca sirvió de nada a la metrópoli porque a la corona británica no le interesó más incursionar por el Caribe. La construyeron por gusto, pero quedó en herencia para que Castro la usara como cárcel aprovechando al máximo sus galeras. Por obra y gracia de un cambio en el código penal hecho por la dictadura, a muchos prisioneros políticos nos mezclaron con los comunes. Yo estaba entre ellos y fui testigo del éxodo del Mariel desde la prisión. Los asustados presos comunes posaban ante cámaras para que sus rostros demacrados salieron en una fotografía de pasaporte. Les entregaban una muda de ropa civil —un "jean", unos tenis y una camisa— y los enviaban hacia algún bote que esperaba en el Mariel. De ahí los lanzaban hacia una vida que no conocían en el otro lado del Estrecho de La Florida.

Los primeros en salir fueron los más peligrosos. Asesinos, violadores y traficantes de drogas se despedían de sus compinches en patio de la Zona 2 de la fortaleza colonial. Las autoridades advertían que no podían declarar, al llegar a Miami, que eran presos. La amenaza era que serían devueltos a Cuba para que terminaran sus condenas. No sé lo que pasó en Miami porque yo estaba en La Habana, preso en mi galera, asistiendo a la partida de cientos de presos comunes. Pero lo cierto es que de alguna manera las autoridades norteamericanas se enteraron de la jugada.

En una ocasión estaba en la "cola" del almuerzo esperando el jarro de aluminio lleno de bazofia, cuando se personó en el patio el teniente Ferreiro —criminal de lesa humanidad y jefe de seguridad del penal— y escogió a diez presos comunes y les ordenó que se desnudaran. Así lo hicieron sin saber qué les esperaba. Ferreiro escogió de los diez a los únicos dos que no tenían tatuajes, costumbre carcelaria en Cuba. Al parecer ya en Miami sabían que una parte de los que arribaban en los botes procedían de la prisión.

Pero había un problema, explicó Ferreiro: hacía falta un solo preso para llenar el cupo en uno de los botes. Los dos escogidos comenzaron a discutir exigiendo ambos el "derecho" a salir del infierno. Ferreiro dudó y finalmente dio con la solución. Sencillamente sacó del bolsillo una moneda de cinco centavos y la lanzó al aire con la consabida pregunta de "¿escudo o estrella?"

Cuando el afortunado fue a vestirse, Ferreiro le dijo que no lo hiciera, lo esperaba una muda de ropa civil. El otro, fracasado, se colocó de nuevo los harapos que lo devolvían a su condición de desecho humano, la cual abandonó por breves minutos mientras estuvo desnudo y se decidía la suerte.

Yo, desde la cola del comedor, me quedé asombrado ante destinos tan diferentes y que fueron diseñados con el único recurso del azar. El que se fue a Miami tal vez ya es dueño de un negocio, o quizás está preso por cometer algún otro delito, pero siempre con la cuenta a su favor de que tuvo la oportunidad de cambiar. El otro, el que permaneció en La Cabaña, tal vez más adelante logró abandonar Cuba, o quizás murió en una reyerta presidiaria de una puñalada. Nadie sabe.

Así fui testigo del azar en plena acción y de uno de los rostros más tristes que he visto en mi vida, el que mostraba el preso desafortunado cuando salió la cara de la moneda que él no escogió.

Es difícil determinar cuántas veces al día estamos sometidos al azar de la moneda sin saberlo, y creo que eso nunca podrá ser determinado. Pero lo cierto es que la vida deja un margen para que uno diseñe su propia suerte. El remedio no es prohibir las monedas al aire, sino ser el dueño de la moneda, aunque a veces, como en el caso de Johnny y Raúl, no hay moneda que los pueda salvar.

Después nos enteramos que nuestra tragedia era sólo otra más. En Miami se conocen los trágicos testimonios de los balseros sobre-vivientes. Uno de ellos narra cómo, después de perder a ocho familiares durante la travesía, vio a su hermana lanzarse al agua buscando el descanso en la muerte. En ese momento él perdió el conocimiento y lo recobró cuando estaba en manos de los guardacostas norteamericanos. Otro narra cómo encontró, flotando en el mar, una cabeza con un pedazo de hombro y un brazo. Yo conocí a un balsero preso en Cuba que vio a los tiburones despedazar a su hermano cuando éste se lanzó al agua al no resistir más los rigores del viaje y haber perdido las esperanzas de sobrevivir. Otro caso, este feliz, fue el del balsero que flotaba a la deriva en una pequeña caja de espuma de goma sólo un poco mayor que su propio cuerpo. Fue recogido en alta mar nada menos que por el yate de la Reina de Inglaterra, de la cual fue huésped hasta que lo transfirieron a una embarcación de las autoridades norteamericanas.

El mar, vinculado a la historia de Cuba desde sus inicios, bajo el trágico destino de los balseros adquiere un papel protagónico fatal. Ese mismo mar que vio llegar a Cristóbal Colón en su histórico viaje, al indio Hatuey huyendo de los colonizadores, a las amenazantes flotas de piratas con su bandera negra asediando la isla, y que auspicia brisas para aplacar el siempre molesto calor tropical y que sirve de entretenimiento a bañistas en las playas de Cuba, es el que ahora hace función de sepultura a una cifra no determinada —pero de seguro espeluznante— de cubanos que no pudieron llegar a la entrevista —como Raúl y Johnny—, donde hubieran hecho patente, cansados y sonrientes, su alegría por el simple y tremendo milagro de arribar vivos.

Éramos sólo dos los afortunados. Dos quedaron atrás, con sus sueños, al igual que los míos quedaron abandonados en la noche vigilada de La Habana.

SEGUNDA PARTE

MIAMI

VI

Miami es una explosión de luz. Cercada por mares, es una ciudad distinta a La Habana, sin la prosapia y el encanto de la añeja ciudad cubana, sin su empaque y respiración de urbe verdadera y de alto vuelo. Miami sólo tiene cien años y anda a tientas como un joven avispado que busca su propia identidad que sin duda la tendrá y ya se perfila. Miami es tan cercana a Cuba como lejana e inalcanzable. Miami, además, está alumbrada por el mismo sol que baña mi vieja ciudad. Posiblemente cuando Lourdes y yo nos paramos bajo el sol, ese mismo sol alumbra a otra pareja en Cuba, tal vez sentada en el muro del Malecón: nuestras sombras son hijas de la misma luz.

Miami es una ciudad moderna llena de automóviles, edificios altos maquillados con cristales, carreteras de alta velocidad y casas encerradas en aire acondicionado. Miami tiene una diversidad cultural insospechada. Refugiados de todas las dictaduras latinoamericanas vienen a parar aquí, lo que convierte a la ciudad en un verdadero almacén de personas con pasados tormentosos. Cualquier paseante es un drama. También hay muchos refugiados puramente económicos que llegaron aquí en persecución de la consabida fortuna, del sueño —particular o general— inalcanzable en sus países. En fin, la primera profesión de Miami, para los inmigrantes, es la de huir de algo, ya sea de la miseria o de la represión política. Cubanos, haitianos, nicaragüenses, dominicanos, salvadoreños, jamaiquinos, argentinos, chilenos, bolivianos, brasileños, españoles y muchos más se entrecruzan en mezcla de acentos, diversidad de colores y estilos y tradiciones culinarias para todos los paladares. Últimamente hasta rusos —ex agentes de la KGB y del Partido Comunista de la desaparecida URSS— carenan en estas playas con maletas llenas de dólares y se abrazan a una vida de canchas de tenis, golf y piscinas privadas. En fin, que Miami es un pequeño mapa mundi y en cada bar se escucha una música distinta, desde salsa hasta reggae, pasando por el merengue, el jazz y el rock. Los de aquí —aparte de los indios en sus reservaciones como los miccosukee— son blancos anglos (cuyos antepasados nacieron lejos, en algún lugar de Europa) y negros (cuyos antepasados también nacieron lejos, en algún lugar de África).

De las minorías extranjeras la más poderosa es la cubana, que comenzó a asentarse en la zona desde 1959, y es el único grupo étnico que logró —en una sola generación— poder económico, político y social. Basta decir que el promedio de ingresos de los norteamericanos es de 22,081 dólares, mientras que el de los cubanos es de 19,336. Pero esa historia es vieja, comenzó mucho antes, cuando Pánfilo de Narváez salió de La Habana en 1528 a conquistar La Florida y desembarcó en la hoy Bahía de Tampa. Lo acompañó en esa aventura Álvar Núñez Cabeza de Vaca, quien tardó ocho años en recorrer el territorio que lo separaba del reino de los aztecas. Once años después se hizo a la mar en La Habana Hernando de Soto, que llegó hasta lo que hoy son los estados de Arkansas y Oklahoma. Desde 1693 hasta 1700 el gobernador español de La Florida fue Laureano de Torres y Ayala, habanero que dirigió las obras de fortificación en San Agustín —Castillo de San Marcos, casi gemelo del Castillo de la Punta, en la bahía de La Habana— para defender las flotas de los ataques de piratas. El obispo Pedro Agustín Morell de Santa Cruz fue uno de los primeros refugiados de la isla que carenaron en La Florida. Huyó de La Habana en 1762 cuando los ingleses la ocuparon durante un año. El sacerdote Félix Varela llegó a ser vicario general de la ciudad de New York y murió en San Agustín en 1853, el primer asentamiento español en la península que aún conserva su hálito colonial.

Así que, después de todo, Lourdes y yo llegamos a una ciudad aburrida de ver a cubanos arribar soñando sus sueños y huyendo de sus terrores. Miami es, en fin, un asombro de luz y velocidad como corresponde a una ciudad del primer mundo, por tanto, algo extraña y difícil de entender para el que llega de un país como Cuba. En mi caso, cuando vi por primera vez un expressway, pensé que nunca sería capaz de manejar un automóvil.

Pero en resumidas cuentas yo estaba en Miami con una desconocida, porque Lourdes no era otra cosa para mí que eso: una perfecta desconocida. En realidad a unas veinticuatro horas se resumía nuestro mutuo conocimiento, porque el tiempo en el mar y el del hospital no puede ser contado. De todas maneras un mundo nuevo se presentaba ante nosotros, y fíjense que conjugo en primera persona del plural. Desde el propio Key West mi capacidad de asombro se vio asaltada una y otra vez por las nuevas imágenes y sonidos, pero sobre todo, por los nuevos olores, desconocidos, que asaltaban mi olfato en mezcla de perfumes y barbecue.

En Key West nos hicieron abordar un autobús que nos llevó hasta Miami, no sin antes regalarnos veinte dólares a cada uno. Siempre tendremos un buen recuerdo de esos cubanos asentados en Cayo Hueso. Abandonamos el autobús en la esquina de la Avenida 27 y la Calle 8 del southwest para que una agencia humanitaria de ayuda a refugiados procesara nuestros casos. Pero no hizo falta: Emilia, la tía de Lourdes por parte de madre, nos estaba esperando y con orgullo declaró que se hacía cargo de nosotros en todos los sentidos.

—No te veo desde que naciste —dijo Emilia abrazando a Lourdes y rompió a llorar—. Tienes el mismo cuerpo y la misma cara de mi hermana. ¿Sigue siendo comunista?

Pero no esperó la respuesta porque rompió a llorar de nuevo.

Emilia era miembro de la parte de la familia de Lourdes que abandonó Cuba con las primeras oleadas de exiliados que huían de Castro. Viuda, católica practicante, retirada y miembro de varias organizaciones de exiliados, llevaba su vejez como un galardón ganado con mucho sacrificio. Su pelado era perfecto y el tinte ocultaba cualquier vestigio de canas. Sus ropas eran juveniles, pero sin desentonar. No me atreví a preguntarle a Lourdes, pero era evidente que alguna que otra cirugía había arreglado su rostro demasiado terso para sus años.

—Ahora te olvidas de todo —dijo Emilia cuando controló las lágrimas—. Lo malo ya pasó: ya estás a salvo en Miami. ¡Tienes el pelo hecho un desastre!

Lourdes me presentó como su novio y Emilia me analizó con una mirada de microscopio afilado gracias a los lentes de contacto que usaba.

—¿Novios? —preguntó.

—Sí, tía, desde Cuba, desde hace tiempo —mintió Lourdes.

—Pues que venga para mi casa también —y agregó—: Me sobran tres habitaciones.

Era evidente que la tía estaba muy bien económicamente, y lo comprobé cuando nos llevó a su automóvil. Era un Cadillac negro con asientos de piel que parecía un platillo volador. Autos así sólo había visto en películas y siempre manejados por gente de mucho dinero o por mafiosos.

Después de unos quince o veinte minutos viajando a través de una maraña de carreteras de alta velocidad llegamos a un barrio del southwest de Miami casi habitado en su totalidad por cubanos. La casa era enorme, también propia de las películas norteamericanas que pasaban en Cuba por la televisión los sábados por la noche. Era de dos plantas con techo de tejas, rodeada por jardines y verjas de hierro, garage bajo techo y piscina. Parecía una casa de maquetería, pero era de verdad y valía —más tarde lo supe— un montón de dólares.

—¿Y vives sola en esta casona? —preguntó Lourdes cuando vio la mansión.

—Sola en alma desde que murió Pedro —contestó Emilia aludiendo a su esposo.

—¿Y mis primos?

—Juan está en New York. Se casó con una americana de piernas largas y pecas y les va de lo más bien. El habla inglés perfectamente. Se graduó aquí, en la Universidad de La Florida. Mercedes está en California y trabaja en algo de televisión, no sé muy bien de que se trata. Ella siempre fue un poco alocada —se sintió obligada a agregar—. Tiene más o menos tu edad. ¡Es preciosa como todas las mujeres de la familia!

Cuando Emilia abrió la puerta un sonido electrónico se disparó.

—Es la alarma —explicó Emilia y oprimió algunas teclas de un panel colocado en la pared.

Acto seguido comenzaron unos ladridos profundos y graves. Era Tuti, un precioso perro que según Emilia era un Irish Setter, algo así como perdiguero irlandés, que se nos acercó moviendo el rabo y oliéndonos cuidadosamente.

—Tuti es cariñosísimo —dijo Emilia—. No sé qué hubiera sido de mí sin Tuti. Me costó un dineral porque tiene pedigree. Pero valió la pena.

El pelo y la salud del animal eran muy superiores al aspecto que teníamos Lourdes y yo. Me agaché a acariciar al perro y me llenó de saliva la cara. Sin duda, cuando recordé las condiciones en que se vive en Cuba, pensé que las cosas estaban muy mal repartidas en el mundo, y dije a modo de halago:

—Este perro está más saludable que nosotros.

—Te podrás imaginar lo que me cuesta entre veterinario, comidas especiales y shampoo. Pero no importa porque tengo el dinero, gracias a Dios. Mi marido y yo trabajamos mucho, nos lo merecemos ... Y Tuti también. Por suerte esos tiempos ya pasaron y disfruto del descanso que merezco.

Cuando el perro escuchó su nombre pronunciado por Emilia se le acercó de inmediato moviendo el rabo. Ella le dispensó unas palmaditas en la cabeza.

Y era cierto. Mucho había oído hablar, cuando vivía en Cuba y alguien de Miami llegaba de visita a la isla, de los médicos fregando platos en los restaurantes de la playa por sueldos miserables. Pero tenían una meta, revalidar su título de medicina y ejercer de nuevo. Mientras tanto, las esposas de los médicos cosían en las factorías de Hialeah, zona industrial, también por salarios de miseria, y los hijos, después de las clases, hacían todo tipo de "part time" para buscar algunos dólares de más. Lo mismo sucedió con los abogados, los ingenieros y todos los profesionales. En realidad, la emigración cubana levantó un capital a fuerza de trabajo agotador. También, como dice Octavio Paz, tenían la ventaja de proceder de un país moderno. Otro elemento que los ayudó a establecerse fue el tipo de familia nuclear, al decir de Toffler. La familia se mantenía unida y todos trabajaban. Un núcleo de cuatro, por ejemplo, por muy poco que ganara cada uno de sus miembros, los sueldos sumados hacían posible la compra de una propiedad modesta que con el paso del tiempo aumentó su valor. El inmigrante, por naturaleza, es más agresivo debido a que sabe que tiene desventajas con los naturales, comenzando por el idioma. En el caso de los cubanos existía un acicate adicional: la edad a la que muchos arribaron les decía a las claras que les quedaba poco tiempo y que tenían que apurarse.

—Déjenme enseñarles la casa —dijo Emilia alegremente—. Recuerden que a partir de ahora están en su hogar.

Y comenzó por la sala, amplia y con losas mexicanas, llena de muebles caros, antiguos, en mezcla de elementos rústicos —madera, cerámica y hierro— y una elegancia que lo cubría todo. Las paredes estaban llenas de óleos y tintas, casi exclusivamente de pintores cubanos muchos de los cuales yo conocía desde Cuba, como Wifredo Lam y René Portocarrero. También había dos Mijares, una acuarela de Amelia Peláez y un enorme Cundo Bermúdez. Cuando de verdad por poco me desmayo fue cuando vi una pequeña tinta de Salvador Dalí y pregunté con miedo:

—¿Esto es legítimo?

—Todo lo que hay en esta casa es legítimo —respondió Emilia tajante—. Lo compró mi marido aún en vida de Dalí. Lo conocimos en

España. Otro día les enseño las fotografías que nos tomamos juntos con el maestro.

Sin duda la tía de Lourdes poseía una cuenta bancaria de horror y misterio.

El comedor era sencillo, pero caro. Una enorme mesa de caoba estaba en el centro rodeada por diez taburetes españoles de madera repujados en piel. Del techo colgaba una lámpara art noveau que de seguro había costado un dineral. El recorrido siguió por el Florida room, la biblioteca —llena de libros en inglés, francés y español—, la amplia cocina —repleta de cerámica española por todas partes—, los baños, el área del patio trasero —con árboles frutales—, la piscina, el jacuzzi, el sauna y finalmente las habitaciones. Emilia mostró a Lourdes la que le había destinado y en el extremo opuesto del pasillo me mostró la que me correspondía.

—Cada uno en su habitación —declaró—. Es lo correcto dado que no están casados. Y a propósito, ¿son católicos?

—Yo no —dije y recibí una mirada de fuego de parte de Lourdes.

—En realidad lo era, es decir, lo sigue siendo —balbuceó Lourdes—. Dejó de asistir a la iglesia hace poco, pero es católico. Espero que aquí regrese a las misas.

—¿Y tú? —preguntó Emilia directamente a Lourdes.

—Yo nunca dejé de asistir a misa, incluso hasta el día anterior de tirarnos al mar —mintió Lourdes descaradamente.

—Menos mal, hija mía, porque el mundo anda muy mal, muy mal.

Y ahí se interrumpió bruscamente y salió en busca de un teléfono portátil que estaba sobre el mostrador de la cocina.

—Voy a encargar comida china —anunció—. Es deliciosa. ¿A ustedes les gusta?

—Yo como cualquier cosa —dije.

—Lo que tú quieras tía, todo es nuevo para nosotros.

—¿No conocen la comida china? —preguntó Emilia asombrada.

—En Cuba no hay restaurantes chinos.

Pero yo aclaré:

—Hay uno, pero sólo se puede comer en él con dólares, o sea, es para turistas.

—¿Y qué pasó con el barrio chino de La Habana?

—Los chinos que pudieron se fueron, tía Emilia —respondió Lourdes—. Ya se conocían el cuento del comunismo porque los atacó a ellos en su país.

En ese momento contestaron la llamada y Emilia se dedicó a encargar una serie de platos que Lourdes y yo no conocíamos.

—Los dejo aquí —dijo Emilia cuando colgó el teléfono—. Me voy a dar una ducha. Este dinero es para que paguen la cuenta si llega el pedido mientras estoy en el baño. No esperen el vuelto porque es la propina.

El empleado del restaurante chino llegó mientras Emilia estaba en el baño. Por supuesto, el empleado del "delivery" no era chino, sino salvadoreño. Se le abrieron los ojos ante la jugosa propina que Emilia dejó. Dio las gracias dos o tres veces y se fue a la velocidad típica del que vive en una sociedad típicamente sometida a la velocidad.

Emilia salió del baño envuelta en una bata de casa que debía costar un dineral.

—Ayúdame a servir la mesa, Lourdes —dijo y después me preguntó—: ¿Quieres tomar algo?

Dudé qué contestar y Emilia agregó:

—En el refrigerador hay varios tipos de cerveza. Las alemanas son las mejores, las de aquí dan dolor de cabeza al día siguiente. También en el bar hay de todo, desde whisky hasta ron Bacardí y vodka.

Escogí un Bacardí añejo con hielo y lo tomé despacio dando tiempo a que Lourdes y Emilia sirvieran la mesa. Cuando todo estuvo listo, Emilia dio dos palmadas y anunció:

—A sus asientos, muchachos, que la salud se mide por la buena mesa.

Nos sentamos ante la desorbitante cantidad de comida china que llenaba la mesa. Desde arroz frito hasta alas de pollo en miel de abeja. Todo estaba delicioso y todos los sabores eran nuevos para mí y para Lourdes también.

En medio de la comida Emilia nos sorprendió con algo que no esperábamos:

—Me viene muy bien que hayan llegado ahora porque me voy para París un mes, así Tuti se siente acompañado y ustedes me cuidan la casa.

—¿Nos quedamos solos aquí? —casi preguntamos a dúo Lourdes y yo, alarmados.

—Claro. ¿Qué importa eso? Yo les digo todo lo que tienen que hacer, dónde está todo y los teléfonos de emergencia. Además, no sabía que se te iba a ocurrir llegar en balsa en estos días, cariño. Si me hubieras avisado la cosa sería distinta. No puedo cancelar este viaje. Estoy loca por volver a París que en esta época del año está precioso. No tengas miedo que nada va a pasar. También te voy a dejar el teléfono de mi mejor amiga, Carmen, por si acaso necesitan algo . . .

—¿Cuándo te vas, tía? —preguntó Lourdes.

—Mañana a las diez de la mañana salgo para el aeropuerto.

—¿Mañana?

—Sí, hija, después del desayuno que lo serviré a las ocho y media. ¿Conocen el desayuno americano?

—Bueno, sí, de las novelas de la serie negra americana.

—Es lo mejor que han inventado los americanos, más importante que el *Apollo 11*. Ya verán, lo mejor de Estados Unidos es el desayuno.

Me pareció exagerado, pero no dije nada. Lourdes me miró preocupada. Al día siguiente estaríamos solos en un país donde no sabíamos ni manejar un teléfono de Touch-Tone. Emilia, que comía con buen apetito, hizo otro alto entre mascada y mascada para preguntar:

—¿Ustedes eran comunistas?

El primero en responder fui yo:

—No, señora, todo lo contrario. Estuve preso en Cuba por razones políticas.

—¿Y tú, cariño?

—Ni pensarlo: siempre quise venir para acá.

—Menos mal, muchachos, menos mal. No quiero ser impertinente, pero el diablo son las cosas y quiero estar segura: ¿ahora son comunistas?

Yo me eché a reír y Lourdes contestó por los dos:

—Por Dios, tía, no somos comunistas ni lo fuimos.

—Menos mal . . . ¿Qué tal la comida?

Estaba de más decir que era excelente. El final fue un café cubano de los buenos, con espuma carmelitosa en la superficie. En realidad, no había el menor motivo de queja.

Después de la comida Emilia salió a visitar a unas amigas y nos anticipó que llegaría tarde en la noche. Tenían una sesión de cine, en videotape, con un grupo de fanáticas de los filmes clásicos. Esa noche verían *Casablanca* y *Gone with the Wind*. No se cansaban de verlas, y las comprendo.

Por la noche, Lourdes y yo no nos atrevimos a cambiarnos de habitación. Temíamos que Emilia llegara en cualquier momento y le diera por revisar en qué cama estábamos cada uno. Así que nos dormimos bajo la brisa del aire acondicionado central para esperar el famoso desayuno americano del día siguiente.

VII

La tía de Lourdes nos despertó por la mañana con unos leves toques en la puerta. No fue necesario para mí el llamado de Emilia para despertar. Ya estaba en pie y había usado el baño desde hacía mucho, incluyendo una afeitada (Emilia lo había previsto todo y en el lavabo encontré una máquina de afeitar, espuma y loción). Casi no pude dormir durante la noche. No sabía cómo cerrar —ni tan siquiera sabía si se podía cerrar— la rejilla de salida del aire acondicionado central. Evidentemente me había resfriado y lo sentía en la garganta, además de esa sensación que los cubanos llamamos "cuerpo cortado", agregando la molestia de unos ligeros escalofríos que recorrían todos mis huesos.

Nos encontramos en la cocina, tan grande como el propio comedor, donde Emilia preparaba el desayuno. Lourdes estaba envuelta en una bata de felpa y tenía el rostro despejado. Al parecer, el aire acondicionado no le había hecho daño alguno. Tía Emilia vestía unos pantalones cortos, no muy adecuados para su edad, pero que mostraban unas piernas perfectas tampoco propias de sus años y que despertarían la envidia de muchas jovencitas. Un pullover —después me enteré que les llamaban T-shirt— holgado, insinuaba de vez en cuando, según la posición, unos senos firmes por los que de seguro también había pasado el cirujano.

—Espero que no se hayan cambiado de habitación durante la noche —fue el saludo de Emilia cuando nos vio llegar.

—¡Tía, qué maneras tienes tan temprano en la mañana! —protestó Lourdes.

—El amor es fogoso cuando está asistido por la juventud . . . Y ustedes son jóvenes —respondió Emilia sin dejar de atender el sartén que estaba sobre la hornilla eléctrica.

Para mí, y para Lourdes también, fue todo un descubrimiento constatar que se cocinaba dentro del aire acondicionado. Era algo absurdo, de acuerdo a los parámetros de un país como Cuba, el tener una fuente de calor dentro de un lugar donde se persigue lo contrario. Al parecer, como dice Ray Bradbury, la ciencia ficción ya está aquí, y nos tocó a Lourdes y a mí comenzar a entenderlo.

—Me falta muy poco para tener listo el desayuno —dijo Emilia—. Se van a chupar los dedos.

—¿Necesitas ayuda? —se ofreció Lourdes.

—No, mi hija, gracias —rechazó Emilia el ofrecimiento y agregó—: Yo nunca hago nada en la cocina, desayuno y hago mis comidas afuera. Los almuerzos y las cenas siempre con algunas amigas. Esto es una verdadera excepción y lo hago por ustedes, además, para que sepan que sé cocinar.

—No te hubieras molestado, tía —dijo Lourdes.

Me fijé en las uñas largas y perfectas de Emilia y corroboré que no estaba mintiendo. Así Emilia continuó en sus trajines mientras movía el dial de un radio portátil que estaba sobre el mostrador de la cocina:

—Ahora, mientras termino el desayuno, necesito silencio. Ésta es la hora de mi comentario político preferido. Escúchenlo, seguro que les gustará. Ese periodista es un fenómeno, de lo mejor que tenemos por acá.

Emilia subió el volumen del radio y una música clásica salió como cortina musical antes del comienzo del comentario. El periodista tenía una voz clara y, por el acento, no tuve que preguntar si era cubano.

"Estimados oyentes, hoy les traigo el comentario 'Amamos este país, pero somos cubanos'. Espero les guste:

"Tal vez no sea creíble el espectáculo que describo a continuación: una silla de ruedas hecha con un sillón cubano —los llamados 'comadritas'— que tienen rejilla de mimbre y canutillo, con ruedas insertadas a los lados. Aquí va: por parabrisas, en lugar de un cristal como las motocicletas de la policía, un vitral con los colores de los palacios coloniales de La Habana Vieja. Y a los lados persianas de madera agregadas para combatir el sol. Por supuesto, un aditamento en el espaldar sirve para cargar con el termo lleno de café cubano —caliente, amargo, fuerte y exquisito, como sus letras indican. Algunas macetas de barro con malanguitas completan el conjunto, colgando de los brazos de madera en cascada de verdor, en uno de los cuales está empotrado el cenicero para el tabaco torcido a mano.

"Claro que bromeo. Se trata de una caricatura, pero muy bien podría ser una forma humorística de enfocar el apego —yo lo calificaría de

amor— del cubano por sus costumbres (casi escribo raíces en vez de costumbres, pero el término me desagrada, me resulta demasiado agrícola).

"Al llegar a este país hace unos diez años, con placer escuché mi
idioma en cualquier esquina, detrás del olor a cebolla, el ajo y el puerco
frito que sale de cafeterías y restaurantes, muy distinto al que impregna
a Washington, por ejemplo, ciudad hundida en una nube permanente
de bróculi hervido y café americano. Yo no tengo nada contra las tradiciones de Estados Unidos. Todo lo contrario. La capacidad organizativa
y laboral de este país es un monumento a la cordura. Pero es alentador
llegar huyendo del país propio y encontrarse con oleadas anteriores de
fugitivos que te dicen, 'No te preocupes, aquí tienes una ciudad como tu
patria pero sin dictadura'.

"Basta levantarse en esta ciudad, capital del exilio cubano, y encender
la radio para sintonizar varias emisoras que anuncian las condiciones del
tiempo, el estado del tránsito, y las noticias con el acento que es parte de
mi memoria afectiva. Los 'periodiquitos' están por cualquier lugar, con
sus enfoques políticos, sus anuncios y sus clasificados. El complejo
mecanismo de llenar cualquier 'aplicación' es suavizado por una sonriente
empleada que te explica, en español, lo que significa 'relative' o 'income'.
Un 'cubanazo', en el buen sentido del término, puede indicarte cómo
llegar a Inmigración sin que los 'turn left' o 'keep right' tan complejos
para los no iniciados en el idioma del país que amablemente nos dio
refugio te conduzcan a cualquier parte menos a donde deseas llegar.

"Cuando echamos una mirada a otras minorías vemos que han sido
absorbidas por el país que los ha recibido y persiguen, a cualquier precio,
ser cada día parte integrante del sistema. Los cubanos en Estados
Unidos son un reducto que se niega a ceder su patrimonio nacional, su
memoria, y, atrincherados en sus casas de la sagüesera —corrupción de
southwest—, conservan sus costumbres religiosamente. Un San Lázaro
enorme o una Caridad del Cobre —Patrona de Cuba— tamaño natural
y que tal vez son promesas hechas a los santos en alta mar, cuando el
dueño pensaba que perdería la vida porque la balsa en que navegaba se
hundía sin remedio, puede sorprendernos en el jardín de cualquier
residencia.

"También comprendo a los americanos. Pongámonos en su sitio.
Imagínese que usted, estimado oyente, vive en La Habana y va de visita
a Mariano, un reparto parecido a la ciudad de Hialeah. Al llegar a
cualquier establecimiento le reciben siempre en el idioma ruso, porque
una comunidad de 200,000 soviéticos fugitivos fue copando la zona en
el transcurso de treinta años. En lugar de nuestras cafeteras, encuentra

samovares con té, y en vez de la tostada cubana, lo espera pan negro y mortadela grasienta. Al menos la idea es desagradable. Gracias a Dios no sucede así.

"De todas formas, después de los años que llevo aquí y hablando ya un poco de inglés —el suficiente como para entender a Bogart y la Bergman en *Casablanca*, y al más difícil, Peter Lorre— siento un gran alivio cuando escucho a Celia Cruz en la radio, o a Gloria Estefan, y a mi esposa que me avisa —aunque no hace falta porque el aroma que invade la casa es una pista segura— que el café cubano ya está listo y que comienza un nuevo día en libertad".

Emilia soltó el mango del sartén y aplaudió:

—¡Qué buen comentario! ¿No les dije que ese periodista es un fenómeno? Y a ustedes les viene muy bien. Ya verán que todo marcha sobre ruedas, así mismo como lo dijo él. ¡Y ahora el desayuno americano! Lourdes, ayúdame a servir la mesa, trae las servilletas.

Si el desayuno americano no es lo mejor de Estados Unidos, por lo menos es uno de sus grandes aciertos. Huevos revueltos —al decir de tía Emilia, para nosotros en Cuba es revoltillo—, jamón, jugo de naranja, tostadas con mantequilla y jaleas de diferentes tipos —naranja, fresa, etc.—, papas fritas, pan cubano y café. Toda una cena. Incluso Emilia me ofreció una cerveza. Haciendo gala de cordura la rechacé.

—¿Qué les parece? —preguntó Emilia y abrió los brazos abarcando la mesa, como si fuera una especie de Houdini cocinero.

—Todo está exquisito —dijo Lourdes.

—Aquí hay comida para toda una semana —dije yo.

Emilia se echó a reír y me preguntó qué me parecía el comentario radial.

—Muy bien —me apresuré a contestar—. Debe ser tremendo sentirse en el país propio estando en otro.

—Tienes razón, pero fue muy duro. Sólo tener que aprender el inglés correctamente para defenderte como Dios manda fue una verdadera odisea.

—Nosotros tenemos que aprender el idioma —intervino Lourdes.

—Claro que sí, pero sin perder el español y nuestra cultura —aclaró Emilia—. Ahí mismo tienes un ejemplo —ahora señalando al radio—. Aquí, en Miami, tenemos un montón de emisoras que sólo trasmiten en español. Los días entre semana casi todos los programas tratan sobre los problemas de Cuba. Aquí estamos al tanto de todo lo que pasa allá. De madrugada y los fines de semana casi toda la programación es musical, con la música de allá, quiero decir, la de antes de la desgracia.

Imaginé los danzones y las habaneras cantadas por los artistas que en Cuba estaban prohibidos por haberse marchado del país. La propia Celia Cruz y Gloria Estefan nunca se han escuchado en la radio oficial de Cuba, es decir, en la única radio de la isla. Si Emilia no mentía, y después comprobé que decía la verdad, Miami era una cápsula de tiempo cubana enclavada en el sur de la Florida.

Cuando acabó el desayuno descubrimos la fregadora de platos. Emilia le indicó a Lourdes, quien prestó toda la atención que pudo, cómo funcionaba esa bendición del mundo moderno dedicado a las amas de casa. Finalmente Emilia volvió a servir café y me preguntó si yo fumaba. Le respondí que sí, pero que no era un vicioso. Podía estar sin cigarrillos y no tenía necesidad de ir a comprar.

—Menos mal —respiró aliviada Emilia—. Porque dentro de la casa no se puede fumar. Con el aire central el humo del cigarro se queda adentro y todo adquiere mal olor. Además, el humo de segunda mano, como lo llamamos aquí, es fatal para los que no fuman. Cuando quieras encender un cigarro, lo haces afuera —ahora señalando hacia los cristales que nos separaban de los jardines.

Y entonces comprendí un poco una novela que había leído en Cuba, de las que entran al país ilegalmente y los ávidos lectores se las pasan en largas colas de espera. Era de ciencia ficción, del escritor Arthur C. Clarke, y se titulaba en español *El espectro del Titanic.* En un futuro —el literario de Clarke transcurría en el año 2007—, se sometía a las películas del siglo XX a un tratamiento computarizado mediante el cual las escenas donde los actores aparecen fumando son suprimidas. En la versión de *Casablanca* de ese futuro, Humphery Bogart no fuma ni un solo cigarro. Tampoco Ingrid Bergman, por supuesto.

Los técnicos lo hacen para evitar herir la sensibilidad de los habitantes del planeta en ese ahora cercano año 2007. En una parte dice Clarke: "Millones de espectadores cambiaban con repugnancia de programa porque en la pantalla aparecía gente fumando". En el mismo capítulo, más adelante, los técnicos están "depurando" una escena de la película *La última noche del Titanic.* Uno de los asépticos técnicos dice lo siguiente:

"¡Esta secuencia es insalvable! No sólo se trata de cigarrillos, sino que los camareros que los fuman no deben de tener más de dieciséis o diecisiete años. Menos mal que no es una escena importante".

El otro técnico responde:

"Bien. Muy sencillo. La suprimimos".

Me pregunto si también, de acuerdo a Clarke, habrá que suprimir las escenas donde una persona asesina a otra, o escenas de la guerra, o

de personas tomando tragos en un bar. Y, quién sabe, las escenas que
recrean la vida de escritores porque, en ese futuro, tal vez la computación
haya logrado aniquilar el noble oficio de escribir literatura, aunque dudo
que el mundo moderno gane ese pelea. También me pregunto si serán
suprimidas las escenas de los esclavos construyendo las pirámides,
sembrando algodón o cortando caña. ¿Y qué de la Iglesia quemando en
la hoguera a los que no pensaban como ella? ¿Ése es el futuro que nos
espera? Gracias a Dios es la versión del futuro del escritor Clarke, es
decir, algo que puede estar completamente equivocado.

Si el fumar puede herir la sensibilidad de los futuros terrícolas,
supongo que también lo hará la presencia, en pantalla, de cualquier ban-
quero que cobra entre el 18 y el 20 por ciento de interés en las tarjetas
de crédito, dato interesantísimo que nos explicó tía Emilia cuando
Lourdes le preguntó por el famoso "dinero plástico". El atraco del sistema bancario es tal que a veces no le deja a sus clientes ni el mínimo
dinero como para comprar cigarros. Tal vez ésa sea la vía más rápida y
eficiente para eliminar el tabaquismo: despojar de dinero a los fumadores
a través de préstamos con altos intereses y el incremento de los
impuestos —otro concepto nuevo para Lourdes y yo— estipulados por
políticos que, por supuesto, sí fuman y tienen dinero para hacerlo.

Si a todo el que tenga una culpa se le impide entrar en un restorán
o volar en un avión, ambos sectores quiebran. Cualquier noche puede
usted estar en un elegante restorán y escuchar a su vecino de mesa que-
jarse del humo de su cigarro. Está claro que usted no puede protestar
por los hábitos del comensal que se queja quien, tal vez, es un atracador
de bancos, un corruptor de menores o un distinguido fabricante de
químicos que contaminan el agua potable. El futuro, a veces, da miedo,
y la inocente advertencia de tía Emilia sobre el fumar dentro de la casa
me dejó un leve sabor de síntoma anticipador del fin de una época y del
comienzo de otra muy diferente, muy alejada de aquella donde tantas
veces hemos visto a Bogart encendiendo un cigarrillo en la pantalla
grande —basta citar la inolvidable película *Casablanca,* con Ingrid
Bergman, Sam y su piano— o alcanzando la llama de su fosforera
plateada al cigarrillo de la siempre lánguida Lauren Bacall en otras
tantas cintas. ¿Cómo olvidar a Edward G. Robinson mascando su
tabaco mientras dispara una frase ruda, "a quemarropa", propia de la
"serie negra" del cine americano? Y que conste, todas esas películas de
seguro eran de la preferencia de tía Emilia porque son de su época.
Por otra parte, nadie puede separar la imagen de Winston Churchill,
el famoso premier británico, de un habano en forma de petardo o

submarino, tan famoso como el propio político inglés. No se escapa a la memoria la música de "fumando espero al hombre a quien yo quiero, tras los cristales de alegres ventanales . . .", en llamado evidente a un sentimiento de compañía proporcionado por el cigarrillo a la persona que espera con ansiedad. Y, por supuesto, la estilizada Greta Garbo con su larga boquilla y sus bocanadas ascendiendo lentamente, con todo el "garbo" que la propia estrella sabía imprimir al humo que danzaba hacia arriba, lento y denso o dilatado y volátil, según la brisa a la que estuviera sometido. El legendario detective privado Sherlock Holmes, del británico sir Arthur Conan Doyle, no se separaba de su pipa curva y la imagen de Basil Rathbone —uno de los actores que encarnó al personaje en el cine y considerado como el clásico— meditando en la solución de algún difícil crimen acompañado del humo de su pipa —en ocasiones mezclando el tabaco con opio— es harto conocida por cualquiera que haya visto televisión en los últimos cincuenta años. También el famoso investigador recurrió a las cenizas dejadas por los asesinos en la escena del crimen —en cuyo tema era un especialista al extremo de atribuírsele una monografía escrita por el propio Holmes: "Sobre la diferencia de las cenizas de distintas marcas de tabaco", Londres, edición privada, 1879, obra donde enumera 140 marcas de cigarrillos, cigarros y tabaco de pipa, incluyendo láminas a color con las diferentes clases de cenizas— para conseguir pistas seguras hacia la identidad del homicida. La famosa George Sand dijo que "el tabaco acalla el dolor y puebla la soledad de mil imágenes graciosas". En fin, el tabaco y sus disímiles formas está vinculado a celebridades y a la historia. El cine hizo mucho por la divulgación del uso del cigarrillo y el cigarro, y la costumbre de las estrellas de consumirlos en pantalla y en sus vidas privadas los popularizó a extremos incalculables. Argumento a favor del glamour del tabaco hay millones, y antes —en la época de tía Emilia— era elegante fumar a pesar de que ahora, con la vejez, ella considera molesto el olor contaminante. Es raro, sobre todo para una persona como ella nacida en Cuba, definitivamente la cuna del tabaco. El tabaco, los puros —los americanos lo conocen como cigarro—, nació en mi isla y su complejidad es enorme y, en muchas ocasiones, era usado como arma, tal y como dice el cubano Fernando Ortiz en su obra "Contrapunteo cubano del tabaco y el azúcar": "El cigarrillo ha sido y es arma sutil y agilísima de la esgrima amorosa, como antaño el abanico, el impertinente, la sombrilla y el pañuelo". Cualquiera, en alguna ocasión, para ser delicado con una dama, ofreció su cajetilla de cigarros y luego le facilitó la llamita del fósforo, para verla absorber con los labios el humo de la primera finta amorosa. Por supuesto, la mujer también atrae al hombre con el pretexto del fumar, mostrando su cigarrillo apagado en espera de que aquél sobre el que se quiere llamar la atención venga presto a ofrecer el encendido. Pensando esto le pregunté a tía Emilia si ella alguna vez fumó y, como la repuesta fue afirmativa, comprendí que muy bien ella pudo insinuarse a su esposo con un cigarro apagado en espera de la ayuda del galán, quién sabe. Después de la primera bocanada se desata la acción, y viene el "muchas gracias" susurrado en todo apropiado, sugerente, que carga ánimos de ataque al hombre que ha caído en la trampa. De seguro tía Emilia fumaba las marcas de moda en la época, como el Chesterfield, uno de los más populares en la Cuba de la juventud de ella.

—¡Dios mío! —exclamó Emilia llevándose las manos a la cabeza—. ¡El taxi estará aquí dentro de quince minutos!

—¿Te ayudamos con el equipaje? —pregunté solícito.

—Todo está listo en el foyer —dijo Emilia mientras corría hacia su habitación—. Pongan las maletas afuera mientras me visto . . . Si llega el taxi entretengan al chofer hasta que yo llegue.

Eran cinco maletas de piel legítima que, como todas las cosas de Emilia, debían costar un dineral. Lourdes y yo colocamos el equipaje en fila fuera de la casa, junto a la cerca exterior, y a los pocos minutos vimos llegar el taxi amarillo manejado por un haitiano, de seguro refugiado también de su propia dictadura y sus propios terrores.

Lourdes regresó a la casa y avisó a gritos a Emilia, que ya salía vestida con un traje sastre de primera calidad. Tuti ladraba y saltaba alrededor de ella. Después de despedirse del animal, "pet" dicen por acá, Emilia nos dio un beso a cada uno y abordó el taxi. De inmediato bajó el cristal de la ventanilla y nos dijo:

—Anoche hice una lista de indicaciones. Está debajo del florero de la cocina. Ahí no falta nada, desde cómo encender el Jacuzzi hasta cómo controlar el aire acondicionado. Y una cosa importante, les dejé dinero en la primera gaveta de la izquierda, en el aparador de madera del comedor, está en un sobre amarillo. No tengan pena en gastarlo . . . A dos cuadras de aquí, pueden ir a pie, hay un cine. Es en inglés, pero al menos se entretienen con las imágenes y la música. Además, tiene seis salas de proyección.

Cuando el taxi partió hacia el aeropuerto Lourdes y yo nos quedamos solos en la mansión. Éramos dos ciegos inundados de luz. Teníamos que comenzar a conocer el mapa diurno de Miami, después el nocturno, a comprender las nuevas referencias, los nuevos pasos, como un niño que aprende a caminar, a tantear los peligros de la ciudad, su respiración, sus riesgos y bondades. Todo era nuevo y estábamos solos, realmente solos —sobre todo después de la partida de Emilia hacia París— en medio de un nuevo continente que ya había sido descubierto mucho antes por muchos cubanos que pasaron lo suyo, sus propios dolores, y rompieron sus sueños y los volvieron a armar. Teníamos una nueva ciudad para no extrañar la nuestra, aunque esto estaba por verse.

Cuando el taxi dobló por la esquina y nosotros cerramos la puerta estuve tentado a decir "al fin solos", como en todas las películas y comedias desde el principio de las películas y las comedias. Pero no lo dije porque Lourdes no me dejó. Sencillamente se me tiró encima y me besó en la boca con desesperación. Después me agarró del brazo y literalmente me arrastró hacia su habitación donde, de sólo llegar, se despojó de la ropa en cuestión de segundos. Tuti nos había seguido y comenzó a ladrar y a mover el rabo hasta que finalmente se paró sobre las patas traseras e intentó abrazarnos. Tuve que sacarlo del cuarto de Lourdes casi arrastrándolo y cerrar la puerta rápidamente. En ese momento sí que estábamos solos. Tuti ladró un poco más desde afuera, llamando la atención, hasta que se cansó.

A pesar de que no me sentía muy bien todo salió de lo mejor. El aire acondicionado me seguía molestando, sobre todo desnudo, pero pasé por alto el inconveniente. Lourdes estaba feliz y en varias ocasiones me repitió que al fin teníamos una ciudad sin el peligro de pensar siempre en términos de fuga, de añoranza por lo que faltaba, de mirar siempre hacia la esperanza de algo que no estaba al alcance de uno. Estuve de acuerdo y la besé. Todo marchaba sobre ruedas y después de un largo beso tuve que seguir a Lourdes que salió desnuda hacia afuera y después corrió hacia la piscina. Me di cuenta de lo que hacía por el ruido que produjo su cuerpo al chocar con el agua. La seguí, desnudo también, y comencé a bracear hacia ella. Otro ruido reventó a mis espaldas. Era Tuti que nos siguió sin que lo hubiéramos invitado.

VIII

Lourdes y yo habíamos dejado todo un mundo atrás, mar por medio, pero teníamos otro por delante. Por el momento, cuando regresamos de la piscina, teníamos delante una enorme bañadera redonda en uno de los baños de la casa. Lourdes abrió las pilas de agua y, mientras se llenaba, me fui al bar que estaba en el comedor en busca de una botella que ya había visto y la tenía localizada: ron Bacardí. Encontré vasos en los estantes de la cocina y cubos de hielo en el refrigerador. Tuti escoltó todos mis movimientos sin perder detalle. Cuando llegué al baño, armado de los vasos, ya Lourdes estaba dentro del agua, caliente y llena de espuma.

—¿De dónde sacaste la espuma? —pregunté.

Lourdes señaló un pomo colocado en el borde de la bañadera.

—¿Desde cuándo sabes inglés? ¿Cómo puedes estar segura de que no se trata de detergente para lavar ropa, por ejemplo? —pregunté sospechando.

Lourdes se limitó a señalar la etiqueta del frasco que mostraba una bañadera antigua de la que se desbordaba espuma llenando la etiqueta completamente. Una hermosa muchacha con los senos cubiertos de espuma, en medio de la montaña de pompas, sonreía alisándose el pelo.

—Las gráficas —murmuré—. Lenguaje universal.

Le di uno de los vasos con hielo y Bacardí y entré al agua caliente y al contacto agradable de la espuma. No pasó mucho tiempo sin que nos besáramos.

Salir a la calle era toda una aventura, pero queríamos ir al cine. Estaba a unas pocas cuadras, tal y como dijo tía Emilia, que podíamos cubrir caminando. Las cuadras, por supuesto, no eran como las de La Habana Vieja. Dos, o incluso tres, de las de mi barrio, hacían una sola

de las de Miami. El cine estaba en medio de un enorme complejo
comercial —después supe que se les llama "mall"— lleno de tiendas de
todo tipo. El cine, como había anticipado Emilia, tenía varias salas y
proyectaba distintas películas. En Cuba todos los cines tienen una sola
sala de proyección y ninguno tiene cafetería, por lo menos después del
triunfo de Castro. La taquillera nos entendió perfectamente cuando
pedimos dos entradas para ver *Batman II*. Nos habló en un español raro,
mecánico, característico de muchos cubanoamericanos. En la cafetería
tampoco tuvimos problemas de comunicación. Con un español de
acento similar al de la taquillera, una muchacha nos sirvió las rositas de
maíz y los vasos de Coca Cola que compramos. Estábamos de lleno en
Estados Unidos y entrábamos en él por la pantalla grande.

No entendimos ni una palabra de la película, pero la pasamos muy
bien. Los olores del cine, la gente, la enorme pantalla y el excelente
sonido constituían una experiencia totalmente nueva para nosotros.
Cuando la película terminó entramos al restaurante que estaba a unos
pocos metros y comimos dos sandwichs cubanos. Todos los empleados
hablaban español. Después nos fuimos directo de regreso a la casa. No
nos sentíamos seguros. Estuvimos ligeramente tentados a entrar en una
sala de billar donde gente joven tomaba cerveza, pero decidimos no
hacerlo. Aún no sabíamos nada de este mundo. Era mejor andar con
cuidado y gatear antes de correr.

Pero el ambiente del cine, de la gente y la misma película, me
hicieron reflexionar sobre muchas cosas en el camino de regreso a casa
y me dije que, si pudiera hablar con el comandante Fidel Castro, le
contaría que vi la película *Batman,* segunda parte, comiendo rositas de
maíz —remembranzas de mi infancia perdida anterior a él— y que tanto
la película como las rositas de maíz eran parte de un pasado que él
aniquiló. Le diría que él nunca podría imaginar con cuánta irreverencia
se comportaban los jóvenes asistentes. No había en ellos el menor
recato tan característico de la juventud cubana. Era asombroso y tal
parecía que no tenían miedo. A pesar de la cantidad de espectadores, y
sé que esto el comandante no lo creería jamás, no había un solo policía.
¿Se imagina comandante, le preguntaría, una multitud sin orden en
busca de un entretenimiento que escapa a los parámetros marxistas,
leninistas o castristas, como usted desee? Había muchachas que mostraban sus piernas sin vergüenza hasta el límite de lo que usted nunca
hubiera permitido y mucho reprimió con recogidas policiales callejeras
de las cuales fui víctima. Los muchachos ostentaban extraños cortes
de pelo, aretes en la oreja y un desenfadado modo de comportarse

inadmisible, estoy seguro, a sus ojos. Pensé mucho en usted, comandante, y lo compadecí. Tantos esfuerzos de su parte para controlarlo todo y resulta que a sólo noventa millas de su búnker muchedumbres viven de diferente modo al que usted preconiza.

En la cafetería del cine, comandante, se podía consumir de todo sin racionamiento, y con el derroche propio del "imperialismo", como usted diría. Y recordé los cines de cuando era yo muy niño, recuerdos placenteros aunque usted asegura que ese pasado era bochornoso. Antes de comenzar la película proyectaron comerciales —¡comerciales, qué horror!— y con tristeza comprobé que ninguno hacía referencia a su liderazgo. El piano de *Casablanca* —el largometraje de todos los tiempos— vendido en subasta, alcanzó cifras espectaculares, pero ni un número sobre sus zafras o sus vacas o sus planes apareció en pantalla, ni siquiera una leve referencia a su revolución o a sus batallas en África dirigidas por control remoto desde la seguridad de su búnker en La Habana. No sabe, comandante, cuánto pensé en usted. Recordé sus discursos sobre el sacrificio de las generaciones actuales en pro de un futuro mejor, la muerte por la patria y por el internacionalismo proletario. Es insólito que su extraordinaria estatura aquí no sea más que un recuerdo vago y amargo en la memoria de una persona como yo a sólo unos pocos días de vivir fuera de su alcance. Me atreví a interrogar a unos jóvenes y pregunté si sabían de su obra, si conocían algo de su heroica biografía. Dijeron, haciendo un esfuerzo extraordinario, "Ah, sí, ese dictador . . ." Me quedé petrificado, comandante.

Por supuesto, sé que usted me contestaría que ese derroche es a expensas del tercer mundo subdesarrollado y explotado por el monstruo imperialista. Pero cuando vi el auto blindado de Batman en la película recordé su Mercedes Benz, también blindado. Y la "baticueva", con lo último en equipos para hacer la vida agradable, me refirió de inmediato a su búnker, sus casas, sus piscinas térmicas, sus cotos de caza privados. No se preocupe, comandante, nunca pensé que usted disfrutara de esos privilegios —¿dije privilegios?— a causa de alguna explotación de parte suya sobre el pueblo. No, de ninguna manera, la vida que usted lleva es la que merece por sus sacrificios por el país y aún más, por la historia.

Después de la función todos se fueron en sus autos en espectacular derroche de individualismo. Manejaron dueños de sus vidas y rutas hacia donde quisieron en la noche de Miami. Yo fui con Lourdes a comer algo. El sandwich especial cubano que pedí era un insulto a la nacionalidad: especial, pero sin la vocal *e,* como prueba rotunda de la penetración cultural del imperio, el desmoronamiento de las tradiciones y todo eso que usted sabe. Pero qué grande, cuánto jamón y pierna contenía entre sus dos tapas de pan caliente. Antes de su llegada al poder, comandante, los había iguales en La Habana. Pero claro, aquella república andaba mal y había que cambiarla.

Comandante, si pudiera hablar con usted le diría todo esto con la esperanza de que me entienda, aunque es difícil, porque, para resumir, puedo asegurarle que todo lo que usted exterminó en su justa lucha aquí abunda en forma desmedida; no puede existir mejor campo que Miami para es que usted desarrolle sus instintos. Hay mucho que prohibir por acá, no sabe lo que se está perdiendo. Pero le confieso, con el mayor respeto, que si usted viene, yo me voy para Cuba. No sé qué me pasa. Al parecer me contaminé con la ideología perversa —y lo más asombroso es que esto sucede a pocos días de estar alejado de su sombra benefactora— y me siento tan feliz que ya no puedo prescindir de la posibilidad de elegir mi propia vida segundo a segundo. Puedo parecer egoísta, pero lo confieso y pido disculpas por ello. Por último agrego, para su satisfacción, que aún no soy completamente feliz. Y la prueba es que tengo necesidad de establecer esta conversación imaginaria con usted. Cuando su persona no exista en mi memoria seré feliz a plenitud. La confirmación de su fracaso es que la vida ha continuado a pesar suyo, comandante —aunque yo pensaba, cuando no podía pensar ni informarme libremente bajo su poder, que el mundo temblaba ante su fuerza—, y las películas entretenidas y las parejas manejando en una noche de Miami, o de cualquier ciudad del mundo, existirán por siempre, incluso cuando esta hoja no sea más que un pedazo de papel amarillento vencido por los almanaques.

De sólo introducir la llave en la puerta de la casa Tuti comenzó a lloriquear dándonos la bienvenida. Después de recibir nuestros saludos se echó frente al sofá de la sala. Yo me dediqué a buscar Bacardí con hielo para los dos mientras Lourdes registraba un enorme estante lleno de discos compactos que iban desde los clásicos hasta la música popular cubana, pasando por el rock, los tangos y las rancheras.

—¡Mira lo que encontré! —escuché a Lourdes decir desde el refrigerador, mientras trajinaba con el hielo.

—Yo no creo que tía Emilia escuche este tipo de música —agregó Lourdes caminando hacia mí que ya estaba armado de dos vasos con ron y hielo.

—¿De qué se trata?

—Mira esto —y puso ante mis ojos el estuche de un disco compacto—: "Imagine".

—Vaya, el viejo John Lennon. Tienes razón, no creo que tu tía disfrute ese tipo de música. ¿Cómo habrá llegado aquí?

—No tengo idea, pero voy a ponerlo de inmediato —dijo Lourdes—. ¿Dónde está el papel con las instrucciones de tía Emilia.

Le señalé hacia el jarrón con flores colocado en medio del mostrador de la cocina. Debajo, meticulosamente doblada, había una hoja de papel con las no menos meticulosas instrucciones de Emilia para que nos pudiéramos entender con el mundo moderno de los botones y las pantallas digitales.

Cuando Lourdes logró echar a andar el equipo de música, los primeros acordes a piano de "Imagine" salieron de las bocinas llenando la sala de música escuchada allá, del otro lado. La melancolía tomó por asalto el universo, en nuestro caso, la sala donde estaba el equipo.

Antes de terminar la canción, Lourdes rompió a llorar irremisiblemente:

—Me recuerda a Johnny y a Raúl.

Una ligera pulsación de Lourdes en el control remoto sobre la tecla stop bastó para cerrar la cortina. Nadie aplaudió en ese teatro lleno de tristeza. Se trataba de dos muertos.

Nos acostamos en silencio, juntos, en la habitación de Lourdes. Tuti se las ingenió para entrar y se echó junto a la cama. Las luces estaban apagadas.

—¿Te gustó el cine? —pregunté tratando de alejar a Johnny y a Raúl de nuestra noche vigilada.

Lourdes no contestaba y tuve que repetir la pregunta. Finalmente dijo con voz de acordes enredados en la garganta:

—Sí . . . pero no es como los de allá.

Y tenía razón.

Dos de las cosas que más extraño de La Habana son sus calles y sus cines, con aquellas salas confortables y pequeñas —y grandes también—, pero siempre acogedoras. Basta recordar el Payret o el América y ya saben de lo que estoy hablando. Aquí los cines son tremendos, con todas las comodidades de la vida moderna, con varias salas, diferentes películas y surtidos merenderos, pero en ninguno he visto a las musas incrustadas en las paredes —Payret— casi a punto de volar sobre los espectadores. Tal vez sea que me estoy poniendo viejo, pero nadie puede negar que la calle Galiano, rumbo al América, ya sea desde Reina o desde Malecón, es una hermosa arteria llena de historia y misterio, escoltada de portales que cubren al paseante con una sombra protectora contra nuestro pertinaz sol.

Además, las calles tienen identidad propia, no están reducidas a un número o a una letra fría e impersonal que aniquila cualquier intento de justificada individualidad. Los nombres de nuestras calles son hermosos: Esperanza —¿existe nombre más hermoso para una calle?—, Luz, Campanario, Muralla —invocación histórica—, Puerta Cerrada —casi un cuento de misterio—, Empedrado, San Rafael, Ángeles, Águila, Corrales, Gloria, Conde —empaque señorial—, Amargura —sentimiento—, Damas —para soltar la imaginación sobre cuerpos gráciles de bellas habaneras contoneándose sobre los adoquines—, Cárdenas, Factoría, Misiones . . . en fin, todas sugieren algo más allá que un simple nombre, todas son el inicio de buena literatura, de excelente ejercicio para la imaginación, de letras para canciones. No sé qué sería de La Habana sin los nombres de sus calles y sus cines.

En el Payret, enclavado en el Paseo del Prado, frente al hermoso Capitolio —mole blanca que perdura como prueba de que la república existió— las luces decrecen poco a poco antes del comienzo de la función. Los rostros de los espectadores vecinos van desapareciendo para dar paso a una oscuridad que invade la sala hasta dejarnos a oscuras y de pronto, como un rayo milagroso, la pantalla se ilumina y todos volvemos a existir en las filas de mullidos asientos con vestidura roja. Durante la proyección vivimos ese otro milagro que es el cine y al terminar, cuando la ventana cuadrada de imágenes desaparece, salimos a la ciudad que nos espera llena de columnas, palmas, faroles, portales, la tremenda ceiba del Parque de la Fraternidad, guardavecinos, medios puntos, verjas, y lo más importante, respiración de ciudad, ritmo de capital, aliento y rumor de olas proveniente del cercano litoral y una impresionante danza de estrellas si le queda tiempo para mirar al cielo.

La Habana está envuelta en un romance con el mar desde que nació. No hay amor más empecinado que el de las olas y el borde último de la ciudad, siempre juntos, cada cual en su espacio, entrando uno en otro en intercambio de caricias. El universo líquido y el universo sólido, dos elementos que se complementan en pareja feliz y esperanzada.

La Habana nunca deja de soñar. Hasta aquí llegan las imágenes de sus alucinaciones. ¿O no es un sueño obcecado el seguir en pie a pesar de todo? ¿No es una locura seguir siendo ciudad después de tanto huracán de todo tipo? ¿No es una decisión suicida resistir los embates de tanta insania? La Habana sueña porque sabe que nosotros la soñamos. Si alguien la despertara dejaríamos de existir.

Ahora, en esta cómoda casa de otra ciudad, bajo otra noche vigilada y junto a Lourdes, sólo me resta encender la pantalla de mi cine per-

sonal, de mi memoria y mi laberinto de calles —que siempre me lleva
por el mismo recorrido— y que algún día repetiré, porque los sueños
pertenecen a la especie de las categorías eternas. Estoy seguro de que
algún cine me espera por allá, en alguna esquina del laberinto, y siempre
será así porque las ciudades no traicionan a sus hijos.

Hay viento sur, lo siento golpear en la ventana del cuarto. Un
rumor indica que comienza a llover. Y no lo dudo, y espero que Lourdes
tampoco: alguna de esas gotas viene de La Habana.

IX

A las dos horas exactas abrí los ojos. Ya conocía los síntomas: estaba irremediablemente desvelado. Lourdes dormía a pierna suelta, tapada hasta la cabeza con una frazada. No me quedaba otro remedio que levantarme y comenzar a aprender el oficio de la vigilia en las noches de Miami, algo así como revalidar un título en una universidad de por acá.

Fui directo a la cocina a preparar café. La cafetera era igual a la que yo tenía en Cuba, hecha en Italia, que se mantuvo en servicio en mi casa desde 1959, un prodigio de cuidados y conservación. Esperé de pie, frente a las hornillas, a que la infusión colara. Su olor llenó la cocina. Cuando lo serví, la espuma carmelitosa cubrió la superficie del líquido. Era un café de los buenos.

Taza en mano recorrí la sala, observando los cuadros, los adornos, los testimonios de una intimidad ajena que el azar me había entregado. Todo un universo vivencial detrás de cada pintura, de cada fotografía enmarcada con cuidado, o de cada pieza de cerámica o cristal colocada en algún rincón.

Así, caminado por los vericuetos de esa mansión que ahora me acoge en esta ciudad que no es la mía, vi el bulto que cuidadosamente Lourdes y yo trajimos desde Cayo Hueso. Era lo poco que se había salvado de la travesía en balsa. Una triste foto en blanco y negro de Lourdes, Johnny y Raúl era el peor de los recuerdos para los que lograron salvar la vida. También había un libro, al parecer de los preferidos de Lourdes porque fue el único que trajo de Cuba: *El baile del conde Orgel*, de Raymond Radiguet —a mí siempre me gustó más éste que *Con el diablo en el cuerpo*. Estaba amarillento, sucio y con manchas del agua del Estrecho de La Florida. Era de una edición cubana. Yo sólo tuve tiempo para coger mi novela inédita —la que Lourdes consideraba que sería un éxito— y traerla a través del mar, pero de ella sólo se salvaron unos poco puñados de páginas. Varios capítulos se hundieron, se los llevó el mar sabe Dios a dónde.

Pero era extraordinario que Lourdes hubiera podido salvar su libro, o al menos uno de sus libros preferidos. Ese ejemplar de *El baile del conde Orgel* tenía anotaciones de su puño y letra. Era magnífico que se hubiera salvado porque todos tenemos libros preferidos. Y los exiliados, los que como yo tuvieron que salir huyendo, por desgracia dejamos atrás nuestras bibliotecas con sus ingenios de papel, aunque sean personalísimas posesiones no valoradas por nadie más. En la huida repentina tuvimos que deshacernos de todo, de los libros caros, de colección, y los baratos, de mala encuadernación y pésimo papel, pero queridos como si se tratara de tesoros únicos.

Y yo sabía eso porque me lo había contado mi amigo residente en New York desde hace años en las cartas que me enviaba a La Habana. Cada vez que encontraba en las librerías alguno de los libros que tuvo en Cuba lo compraba de inmediato, aunque sabía que la nueva adquisición estaba destinada a no ser leída jamás porque el encanto del que quedó atrás no puede ser sustituido. Así me sucedería a mí cuando pudiera y vería, poco a poco, cómo mis estantes se irían poblando de fantasmas encuadernados, los dobles de los que se perdieron para siempre. Mi amigo, según me contaba en sus cartas, a veces tenía la suerte de encontrar un título incluso con la misma edición del que tenía en Cuba. Raro privilegio. Ese fue el caso, según me escribió entusiasmado, de una excelente antología de cuentos de ciencia ficción recopilada por Óscar Hurtado —autor cubano ya fallecido— la cual incluye lo mejor de los autores del género en el momento en que fue hecha. La edición está a cargo de la "Biblioteca del Pueblo", La Habana, Cuba, 1969. Entre los autores que reúne está Arthur C. Clarke, Isaac Asimov, el tremendo Ray Bradbury y el eterno H. G. Wells, Stanislaw Lem, Howard P. Lovecraft, H. Beam Piper y otros, incluyendo cubanos y latinoamericanos. Yo también tenía en La Habana esa edición y disfruté mucho leerla. En aquellos años, 1969, todavía alguna brecha existía en el laberinto editorial castrista hasta el punto de permitir a Óscar Hurtado mezclar, con grandes dosis de cultura e información, realidad y sueño en un prólogo que se alejaba bastante del marxismo y que a todas luces era "sospechoso" por el reconocimiento implícito de la posibilidad de otras realidades que escapaban del control del Partido Comunista. Hubiera sido imposible para el aparato policiaco cubano perseguir marcianos, hormigas inteligentes o diplomáticos que se fugan a otra dimensión y no aparecen más que en el mapa de una historia europea distorsionada por un autor fantasioso.

Con tristeza, aún con el libro de Lourdes entre las manos, recordé mis libros abandonados. Y me vino a la mente mi copia manoseada y mil veces subrayada por varios dueños consecutivos: *La nueva clase*. También me invadió de repente el recuerdo de *La isla del tesoro* y de *20,000 mil leguas de viaje submarino*, libros que llenaron mi infancia de fantasía y placenteros ratos de lectura. Yo no tuve tiempo, como otros, de repartir mi biblioteca entre los amigos antes de partir de Cuba. Lo repentino de la acción dejó fuera el más leve intento de planificación. Los miembros de la policía política que de seguro registraron mi casa y confiscaron la biblioteca, son los que decidieron la suerte de mis libros. ¿Quién sabe por dónde estarán ahora que tomo este café caliente en la noche de Miami? ¿Qué pasó con mis libros? ¿Estarán en buenas manos? Tal vez se perdieron para siempre tras el sello de confiscación que la policía política coloca en las casas de los que se marchan del infierno.

Pero siempre queda la esperanza de que alguien los herede, aunque sean miembros del régimen. Y un libro, por ser un producto de la inteligencia, es siempre subversivo y peligroso para las dictaduras. Todo el que lea y sea capaz de captar sólo una mínima fracción de la fantasía que un autor emplea en crear un libro, ya está contaminado de libertad. La fantasía y las dictaduras son categorías excluyentes. Sin duda, y con tristeza lo reconozco, Cuba, además de ser un país de familiares y amigos abandonados, es también un país de libros abandonados a su suerte.

Lo que se salvó de mi novela era suficiente para poder reconstruirla. Lo único que tenía que hacer era mantenerme alerta contra la contaminación de la nueva sociedad en la que estaba viviendo y apurarme en terminarla. La memoria crea trampas fatales y falsos recuerdos a partir de los adquiridos recientemente. La novela podría dañarse definitivamente si se contaminaba con mis experiencias bajo el cielo de esta cuidad.

Además, mi novela pertenecía al género de las que se escriben a escondidas, temiendo la inminente invasión de la policía política de un momento a otro. Aquí, en Miami, ese problema había desaparecido, por tanto ya no pesaba sobre mi acto creador una amenaza capaz de contaminar la página en blanco.

Lamentablemente, la literatura cubana se divide en dos grandes vertientes, la producida dentro de Cuba —bajo el castrismo— y la que ve la luz fuera de la isla en condiciones de libertad. A ésta hay que añadir la que se produce dentro de Cuba en condiciones de exilio interno y que posee casi las mismas características de la producida en el exterior. De ninguna manera se puede dividir a los escritores en dos grupos bien definidos: los que se vendieron al aparato cultural de la dictadura y los que se marcharon del país. Dentro de Cuba, sin integrarse a las filas stalinistas, muchos escritores hicieron sus obras en condiciones de silencio, escribiendo "para la gaveta del buró" —frase muy manida y que los exiliados conocen muy bien— en espera de que algún día, con una buena dosis de suerte que les evitara terminar en la prisión, los nietos leyeran los manuscritos amarillentos. Es muy probable que gran parte de esta literatura se pierda para siempre.

Pero el curso de la "revolución" hizo que las fronteras se movieran rápidamente y los escritores oficiales se fueran desencantando y pasando a las filas de los excluidos terminando, casi siempre, en el exilio. Por otra parte, algunos de los que escribieron en silencio, lograron escapar del infierno y llegar al exilio cargados de libros. Poco a poco, en la medida que lo permite el sistema imperante de mercado editorial, las obras salen a la luz conformando un período de rica creatividad que algún día será estudiado.

Salvo algunos nombres ya establecidos —reconocidos antes de abandonar al régimen— la comunidad de escritores cubanos exiliados no ha logrado escalar un lugar prominente. El árido laberinto de las editoriales y la aún presente aureola de "buen hombre" que arrastra el dictador Castro, impiden que un escritor en cuya frente se lee la etiqueta de "exiliado cubano", pueda abrirse camino a través de la nostalgia de los izquierdistas trasnochados. Reinaldo Arenas, en la película *Havana*, asegura que por estar contra la iglesia, el comunismo y ser homosexual, reunía las condiciones para ser siempre un perseguido en cualquier parte del mundo. No andaba muy desacertado Arenas cuando dijo eso.

Pero como el verdadero escritor siempre escribe —aunque no tenga la más remota esperanza de ver su obra en manos del público— los libros siguen produciéndose. La sorpresa será cuando la dictadura caiga para siempre en Cuba. El lector, ávido por conocer a los prohibidos, consumirá grandes ediciones de lo que hasta ahora se ha publicado en el exterior y las casas editoriales —libres ya de la censura policial— sacarán de la oscuridad y el polvo los manuscritos inéditos. Se puede augurar, sin temor a equivocarse, que se apreciará en Cuba un reverdecer de las letras. La avalancha de temas desconocidos, amordazados por casi cuarenta años, saldrá a la calle y voces escritas a gritos recorrerán la isla.

Por ahora, los escritores exiliados sólo tienen un único recurso: seguir escribiendo lo que desean. Por cada libro de un escritor oficial de

Castro que ve la luz en el mundo gracias a las gestiones de la dictadura, varios legítimos, creados por los prohibidos, aguardan su momento. El momento llegará y sólo entonces la competencia será legítima. Por ahora, lo único que nos queda a los que nos reconocemos en el espejo como escritores, es guardar con celo los manuscritos y cuidar la gaveta de su buró. Tal vez no lo sepamos con certeza, pero creo que tenemos un tesoro que preservar porque alguien algún día, en nuestro país, lo disfrutará.

Ahora, con la taza de café en la mano —ya vacía— y *El baile del conde Orgel* en la otra, me fui directo a la biblioteca que fue del esposo de tía Emilia para buscar a un autor que en Cuba tuve que leer a escondidas: el genial George Orwell, que dejó a la humanidad dos excelentes libros, *Rebelión en la granja* y *1984*, donde dibuja con rasgos precisos la dictadura de Fidel Castro, pero con décadas de antelación. Confieso que cuando leí *Rebelión*... no pude contener las lágrimas por la suerte del caballo Boxer quien, engañado por los cerdos —dirigentes de la dictadura en la novela— trabaja toda su vida bajo la promesa de un retiro laboral que sería un verdadero paraíso en la tierra: verdes prados donde pastar y descansar hasta la muerte. Cuando no pudo trabajar más, los cerdos entregaron al pobre caballo a una carnicería para que fuera convertido en tasajo. La famosa frase de los cerdos, al principio de su rebelión en la granja, rezaba que "todos los animales son iguales" y, con el transcurso del tiempo, fue modificada y se le agregó una frase: "pero unos son más iguales que otros".

Castro, el cerdo mayor o "Big Brother" de Cuba, ya entrega, en estos precisos momentos, su supuesto paraíso en la tierra a los Boxers cubanos: los está haciendo tasajo a golpe de miseria y represión. Los cerdos que lo rodean han sido durante estos treinta y cuatro años más iguales que sus conciudadanos. Viven en los mejores barrios —las zonas congeladas (casas robadas a sus legítimos dueños)— y se alimentan de forma privilegiada. Pueden viajar al exterior del país y vestirse con las ropas occidentales que niegan al resto de la población asegurando que usarlas se trata de una debilidad ideológica. En fin, violan los derechos de sus "iguales" en favor de sus privilegios. Lourdes, Johnny y Raúl sabían todo eso al igual que yo, pero a dos de ellos escapar les costó la vida. En un lugar prominente de la biblioteca del difunto esposo de tía Emilia, estaba *Rebelión en la granja*. Me dio alegría saber que podría volver a leerlo, ahora bajo otro cielo.

Y me surgió otra inquietud. La dictadura de Castro se desplomará como todas las dictaduras de la historia. Y cuando eso suceda, qué harán los cerdos menores. Específicamente los del campo de la cultura.

¿Dónde se meterán esos cerdos? Cuando yo esté en La Habana comiendo en un restaurante, ¿estarán en la mesa contigua a la mía? ¿Apelarán a las leyes que el nuevo estado de derecho les concede a todos? ¿Tendré que soportar el hedor de semejantes ejemplares de tan dañina especie? Triste final me espera si sucede así. Por suerte me bastará, cuando mis pulmones se llenen de oler tanta mierda, con tomar el primer vuelo hacia Miami, la que es desde ahora, quiera o no, mi segunda patria, o mejor incluso, mi segunda ciudad.

Algún día alguien escribirá una novela sobre los cerdos que ha tenido que sufrir Cuba —no seré yo— y puedo imaginar a muchos de los personajes en esas dolorosas páginas. Pero, a diferencia de la obra de Orwell que no pudo vislumbrar el desenlace, esa novela sí contemplará el final que ya sacudió a la Europa del Este. Ya sabemos el desenlace del guión y la suerte del Muro de Berlín. Ya sabemos que es posible. Los cerdos volverán a sus corrales y todos seremos iguales sin coletillas indignas. El mejor homenaje que cualquier escritor le puede hacer a George Orwell es construir el epílogo que él no pudo concebir.

Con *Rebelión en la granja* y *El baile del conde Orgel* me fui a la cocina a servirme más café. Vi la cajetilla de cigarros sobre la mesa del comedor. Pero me acordé de la prohibición de fumar dentro de la casa. Abrí la puerta-ventana que daba a la piscina y salí a la noche de la ciudad. Me senté en un cómodo sillón bajo un farol y comencé a leer de nuevo *El baile* . . . En la mesa, junto a mis cigarrillos y la taza de café, *Rebelión en la granja* descansaba su sueño de libro profético.

Tuti llegó no sé de dónde y se echó a mi lado después de olerme cuidadosamente. Sería mi primer amanecer en esta ciudad bajo el mismo cielo que cubre la mía.

X

ourdes me encontró por la mañana dormido en una de las enormes
sillas de extensión que rodean la piscina, de tela a rayas, con Tuti a
mis pies y *El baile del conde Orgel* en el suelo, boca abajo y abierto en
la página donde interrumpí la lectura cuando el sueño me venció.

Cuando abrí los ojos, además de un sol resplandeciente y cegador,
ella estaba de pie frente a mí con una taza de café acabado de colar. Su
olor me revivió.

—Lo siento mucho, pero no sé hacer un desayuno americano como
lo hace tía Emilia —dijo sonriendo y señaló la taza de café—: Te tienes
que conformar con esto.

Me incorporé, la besé en la mejilla y cogí la taza. Tuti se estiró y
bostezó varias veces. Después se alejó hacia las áreas de césped buscando
dónde orinar.

—Veo que estabas leyendo mi libro —dijo Lourdes señalando a
Radiguet.

—Ya lo había leído en Cuba y me gustó mucho, pero no pude
resistir la tentación de verlo de nuevo. Siempre lo preferí sobre *Con el
diablo en el cuerpo*. Este libro, al igual que nosotros en nuestra travesía,
es un sobreviviente.

—Ya lo sé. Pero no sólo eso. También es una libreta de teléfonos,
posiblemente la libreta de teléfonos más literaria del mundo.

—¿Cómo es eso?

—En la página 42 están los números telefónicos de dos amigos de
La Habana que viven en Miami desde hace años. Se fueron en bote de
Cuba a través del Mariel en 1980. Me los enviaron a Cuba por correo
hace tiempo. Sólo he hablado con ellos unas pocas semanas después de
que llegaran a Miami. Deben tener muchas cosas que contar . . . y
muchas cosas que saber.

—¿Amigos tuyos de Cuba?

—Desde la infancia.

—¿Y qué te pasó que no te fuiste del país con ellos en aquella ocasión?

Lourdes se rió y demoró un poco en responder:

—Creo que en esos días estaba enamorada . . .

—Vaya, vaya. Siempre hay tiempo para aprender algo de las personas que lo rodean a uno.

—Ya lo creo.

—¿Alguno de los dos fue novio tuyo?

—¿Celoso?

—Simple curiosidad.

—Ninguno de los dos fue novio mío, si es lo que te interesa saber —declaró Lourdes sonriendo, pero con firmeza.

—¿Y quién era el amor que te amarró a La Habana y te impidió partir en balsa con ellos?

—Tal vez en ese momento no lo conocía . . .

—¿Qué quieres decir?

—Que tal vez no me fui con ellos porque sabía que un amor grande me esperaba más adelante.

—No me digas . . . ¿Tal vez Johnny?

Lourdes rompió a reír.

—Ya sé: no puede ser otro que Raúl.

—Estás perdido.

—Me rindo.

Lourdes adoptó una expresión traviesa.

—Tal vez eras tú ese amor.

—¡Esto es el colmo, Lourdes! ¡Me estás tomando el pelo!

Y esto me recordó que siempre he pensado que alguien me toma el pelo con insistencia. Una y otra vez siento su rastro en cada cosa que hago. La menor actividad de mi vida está permeada por ese alguien que insiste en embromarme, en aplicar unos pocos toques magistrales a mis actos para que finalmente se conviertan en abono de su omnipresencia. Sé que nada puedo contra él. El pobre recurso de sentarme frente a una máquina de escribir también será frustrado por sus tentáculos invisibles que succionarán mi tiempo alimentando su organismo amorfo y pútrido. Tengo ahora edad suficiente, frente a Lourdes, para evaluar el asunto y es un puro milagro que conserve mi cabellera debido al tiempo que ese alguien lleva tomándome el pelo. Debo reconocer que hago todo lo posible por ignorarlo sin mucho éxito. Pero mi carácter alegre

—a pesar de todo— ha contribuido como abono a mis folículos pilosos, teniendo en cuenta también el aseo periódico y buenos cepillados. Así me sorprende este día, junto a una piscina de Miami, con una muchacha que casi ni conozco diciéndome que desde hacía años ella sabía que yo sería su amor y que eso le impidió marcharse antes de La Habana en peligrosa travesía a través del Estrecho de La Florida. Vaya. Casi todas las personas que he conocido me han asegurado que estoy siempre equivocado, loco o con el cerebro reblandecido. No sé. Pero coincido con John Steinbeck cuando dijo que "nadie ni nada está constantemente equivocado. Hasta un reloj parado tiene razón, por lo menos, dos veces al día". Ignoro si a Steinbeck alguien le tomaba el pelo y si escribía como recurso en contra de la mutilación de su cabellera, pero me cae bien ese miembro de lo que una mujer en París calificó de generación perdida . . . y encontrada por sus lectores.

Además, pienso que estoy excesivamente cuerdo, lo que es una forma más peligrosa de locura. Así concluyo que ya es hora de que comience a tomarle el pelo a mis semejantes, aunque pierda el mío en la empresa, siempre arriesgada. Y créanme que no exagero. Por supuesto, si buscan testimonios entre los barberos del mundo la encuesta arrojará una negativa rotunda a la posibilidad de perder el pelo tratando de tomárselo a los demás. Los fígaros saben, con pruebas cotidianas, que en el mundo hay suficiente pelo como para que ellos vivan de cortarlo y que, por tanto, "eso de tomarle el pelo a alguien" no es más que pura metáfora, sentido figurado, diarrea intelectual trasnochada, como esta noche que he pasado junto a la piscina de tía Emilia bajo el cielo de Miami, esa otra noche vigilada que aún no conozco. Los barberos están seguros de que tienen razón. Pero no tienen en cuenta que la tomadura de pelo es algo mucho más profundo, más filosófico, más enraizado en los abismos del cerebro el cual tiene esas finísimas antenas al exterior, cuyo conjunto es vulgarmente llamado cabellera. Así, decidido a tomarle el pelo a mis congéneres de especie, comienzo a mirar a Lourdes con otros ojos, aunque dudo que lo logre porque todos nacen para algo y yo no soy ni seré capaz de tomar algo que no sea café o ron.

Tuti regresó de orinar agitando el rabo y lamiendo los pies desnudos de Lourdes. Entramos a la casa y Lourdes me sirvió más café.

—¿Cómo se llaman? —pregunté.

—¿Quién?

—Esos muchachos.

—¿Mis amigos de aquí?

Y su pregunta me hizo pensar en lo relativo de todos los aconte-
cimientos que nos rodean. Lourdes debía decir los amigos "de allá", sin
embargo, dijo "los amigos de aquí". Eso me recordó el chiste sobre la
mejor explicación de la complicada teoría de la relatividad de Albert
Einstein: si una señora de setenta y cinco años se sienta en las piernas
de un hombre de cincuenta durante un minuto, al hombre le parecerá
que transcurre una eternidad. Pero si la que se sienta en sus piernas
durante un minuto es una joven de veinte, al hombre maduro le parecerá que transcurrió sólo una fracción de segundo. Traté de ordenar la
relatividad geográfica de sus amigos diciéndole:

—Sí, Lourdes, los amigos que eran de allá y que ahora son de aquí.

—Tony y Tomás . . . Son buenísimos los dos. Los conozco desde
que estudiábamos en la primaria. Los dos soñaban con ser músicos. Ya
sabes, los Beatles y esas cosas.

—¿Qué hacen por acá?

—No tengo idea. Debo llamarlos. Se van a desmayar cuando sepan
que estoy aquí. Déjame ver —y Lourdes buscó la página 42 de *El baile
del conde Orgel*. Allí estaban los teléfonos, escritos con tinta azul, en el
borde interior de la página, en caracteres pequeños y muy pegados a las
palabras que concibió Raymond Radiguet sin imaginar para lo que
serviría una copia de su obra.

—Muy bien. Estoy de suerte. No se borraron con el agua. Vamos
a ver.

Y fue hasta la mesita donde estaba el teléfono —junto a un enorme
sofá de piel—, levantó el inalámbrico y marcó un número a golpes de
índice, todos acompañados del ligero sonido electrónico que emitía el
aparato cada vez que Lourdes accionaba una tecla.

—¿A cuál estás llamando?

—A Tony . . . pero . . .

Y Lourdes me hizo señas para que me callara. Estaba escuchando
con atención y de pronto comenzó a hablar:

—Tony, soy yo, Lourdes. Vine en balsa. Estoy en Miami, en casa
de una tía en el teléfono 928 0090. Llámame.

Después de eso colgó al auricular.

—¿Qué pasó?

—Algo nuevo para nosotros. Salió una de esas famosas "maquinitas
contestadoras".

—Vaya. Yo nunca he escuchado una. ¿Cómo es la cosa?

Y Lourdes me explicó que sale una voz, en este caso reconoció la de
Tony, que dice unas frases en inglés y después otras en español: "Ésta es

la residencia de Antonio Manzano. Deje su mensaje después del sonido electrónico".

—¿Dice "residencia"? —pregunté.

—Sí, eso dice la voz.

—¿Querrá decir con eso de residencia lo que significa en Cuba?

—¿Que tiene una residencia? ¿Que es rico?

—Sí.

—No sé, pero no lo creo. Lleva muy poco tiempo en Estados Unidos como para ser rico.

Lourdes leyó el otro número y lo marcó en el auricular. Escuchó con atención. Otra voz grabada le hablaba, pero esta vez sólo en inglés y presidida por unos sonidos electrónicos. Se trataba de una sola frase incomprensible. Lourdes marcó de nuevo varias veces y al final sólo logró comprender a medias una palabra, algo así como "disconnecting".

—Eso me suena a desconectado —aventuré.

—Tal vez.

—En Cuba se diría que le cortaron el teléfono por no pagar.

Lourdes me lanzó una mirada de reproche.

—¿Qué te hace pensar que mi amigo no paga el teléfono?

—Nada, nada. Sólo buscaba una explicación . . . Quizás se mudó y ese teléfono ya no es el suyo.

Tal vez Lourdes no sabía lo que yo desde que estaba en Cuba. No era nada extraordinario que le cortaran el teléfono a un recién llegado. Los primeros tiempos son muy difíciles, de adaptación, sobre todo si no se tiene algún familiar que eche una mano y el inglés es algo ajeno y remoto. Supe de muchos de mis amigos que se marcharon de Cuba por el Mariel. La suerte los había tocado de forma muy dispareja y habían ido a parar a los más disímiles rincones de Estados Unidos. Si no se tenía algo seguro en Miami, "la capital del exilio", eran relocalizados por alguna organización humanitaria —casi siempre religiosa— en otro estado. Los más afortunados se quedaron en Miami, donde una enorme comunidad hispanoparlante los absorbía de una forma u otra. En La Habana me enteré, por un amigo que me escribió, que en Miami hay cuatro o cinco canales de televisión que exclusivamente hablan en español, sin contar que unas quince o veinte emisoras de radio transmiten sólo en ese idioma. Varios periódicos e infinidad de tabloides se imprimen a diario en la lengua de Miguel de Cervantes. Muchas revistas son sólo para el consumo de los hispanoparlantes, desde la tradicional *Selecciones* hasta una versión hispana de *Newsweek*. Pero en medio de ese caudal latino, muchos no lograban "levantar cabeza". Muchos de mis amigos la estaban pasando mal, según me contaban en sus melancólicas cartas, tal vez porque esperaron mucho más de Miami de lo que realmente la ciudad les podía ofrecer.

—Tal vez tengas razón, pero si Tony escucha mi recado es seguro que me contesta. Sólo hay que esperar. Deja que lo conozcas, es de lo mejor . . .

En eso sonó el teléfono. Lourdes se lanzó sobre el aparato y emitió un "dígame" lleno de esperanza. Después se volvió hacia mí y tapando el auricular me dijo:

—Es él.

ourdes sostuvo una animada conversación con su amigo Tony de la cual no pude escuchar nada porque se fue con el teléfono inalámbrico hacia el área de la piscina. Estaba claro que yo debía respetar su individualidad y que su pasado no me pertenecía, como el mío tampoco le pertenecía a ella (lo bueno sería saber cuánto del futuro de cada uno pertenecía al otro). A través de los cristales la veía caminar, hablar y gesticular con el teléfono en el oído. A veces rompía en carcajadas. Otras, por su rostro y el repentino detenerse en medio de una frase, se notaba que algo desagradable le estaban contando. La conversación, al parecer, iba para largo, así que me dediqué a hacer más café escoltado en todo momento por Tuti.

Cuando el café terminó de colar Lourdes entró a la casa. Estaba radiante, vigorizada, y me alegré por eso. Los dos cadáveres que dejamos atrás en nuestra travesía debían ser sustituidos lo más pronto posible. Una nueva vida nos esperaba a los dos y había que entrar en ella con toda la energía disponible.

—¡Tony viene para acá! —anunció a gritos.

—Vaya: nuestro primer visitante en Miami.

—Estoy muy contenta . . . ¡Hace tanto tiempo que no lo veo! La última vez que nos encontramos fue en el Parque de San Juan de Dios, en La Habana Vieja. ¿Lo conoces?

—Claro que lo conozco: hay un Miguel de Cervantes de mármol en el centro del parque.

—Allí me dejó sus libros para que se los guardara hasta que pudiera recuperarlos.

—¿Libros?

—Sí, Tony escribe novelas, igual que tú. Desde que estábamos en la secundaria.

—Qué bien —y suspiré—, entonces se trata nada menos que de un colega.

—¡No te burles!

—No me burlo, sencillamente si los dos escribimos somos colegas. Si no me crees busca el diccionario más elemental y compruébalo. ¿Y qué pasó con sus novelas?

—Las quemé en mi casa de allá, de Cuba, un día que sospeché que mi padre las había descubierto.

—Típico fin para un libro en un país como el nuestro. ¿No te preguntó por ellos?

—Sí.

—¿Le dijiste la verdad?

—Tuve que hacerlo.

—¿Qué te dijo?

—Se echó a reír.

—Menos mal. No sé si mis amigos de por acá reaccionarían igual de estar en el mismo caso.

—¿Conoces la dirección o el teléfono de alguno de ellos?

—Tú sabes que sólo traje mi novela.

—Tal vez los encuentres en la guía.

—¿Qué guía?

—La de teléfonos, tonto. Allí está —dijo y señaló hacia la mesita donde estaba el teléfono—. Ayer la descubrí.

—No es mala idea. Luego haré una investigación. ¿A qué hora dijo Tony que viene?

—A las doce. Nos invitó a almorzar.

—Perfecto porque yo no sé cocinar. ¿Y tú?

—Yo tampoco. Menos mal que tía Emilia tiene los estantes de la cocina llenos de conservas.

Lourdes, sin que yo lo pidiera, me trajo los dos tomos de la guía de teléfonos y los colocó en el mostrador de la cocina.

—Aquí tienes. Tal vez encuentres alguno de los tuyos si es que andan por acá.

Y se fue a su cuarto a cambiarse para bañarse en la piscina. Tuti la siguió y quedé solo con los dos tomos enormes llenos de teléfonos donde unos pocos de esos nombres alguna vez fueron para mí cotidianos, íntimos, de alguna significación. Era difícil entender el repentino cambio, la rápida mudada hecha sin aliento. Allá, en la acera de enfrente, a unas pocas millas y con un muro de agua por medio, hay una isla que alguna vez fue el país propio. Acá, una ciudad ajena que a fuerza de vivirla alguna vez llegará a ser de uno. Cuando los míos —los de mi generación, los que estudiaron conmigo, los primeros amigos y las primeras novias, los cómplices de las primeras fantasías— comenzaron a marcharse de Cuba, el desangramiento fue lento, duró años. La gente del barrio se trasladaba poco a poco, a cuenta gotas, para instalarse aquí, en Estados Unidos, principalmente en Miami. Desde Cuba lo sabía todo gracias a una fluida correspondencia sujeta, como se sabe, a la censura del correo. Mis amigos se encontraban en cualquier lugar de la ciudad. No era difícil para ellos asombrarse ante una cara conocida, que hacía mucho no veían, en una galería de arte, en un cine o en un restaurante. Primero los asaltaba el asombro, después venía el saludo afectuoso, y finalmente las inevitables preguntas hechas al último que llegó: ¿cómo está aquello? ¿Cómo están fulano y mengano? Las respuestas siempre son las mismas: muy mal y tratando de escapar. Yo era uno de los que estaba mal, en mi Habana Vieja, y tratando de escapar, al menos literariamente, hasta que apareció Lourdes en mi vida.

Los de allá llegan despistados, tan perdidos como yo llegué con Lourdes. Las cartas de Miami me asaltaban en mi casa de Curazao para contarme que sus remitentes se desesperaban al no saber qué hacer ante una enredada planilla en inglés, o ante la incertidumbre de no saber si el título universitario les serviría de algo. Otro de los sueños de mis amigos —al menos de los que se dedicaban a la literatura— eran las direcciones de las editoriales para enviar sus libros, como llegar al privilegiado mundo de los amigos de la imprenta. Ellos me explicaban una y otra vez, pero yo no comprendía. La cosa no es sencilla, hay que comenzar de abajo. Lo que convertía en válida la reflexión que siempre hacía mi padre: "El único trabajo que empieza por arriba es el de cavar fosas".

En este mundo —y se referían en sus cartas al de Miami, el que ahora me hospedaba junto a Lourdes— de inmediato miden tus ropas y tu automóvil, si tiene o no aire acondicionado, qué marca es y en qué año fue fabricado. Te encuentras con alguien y te dice, "No te ha ido mal" —catando las ropas, si te va bien— frase dicha con cierto tono de acusación. Los que llegan primero comprenden a los que llegan después. Para otros que aún no han llegado será mucho más tarde. Cada día pasado en Cuba es un día menos de vida. Aquí descubren cuánto los habían engañado, la verdadera dimensión de la mentira, todo lo que se han perdido y que no hay búsqueda —aunque los asista Marcel Proust— que les haga recuperar los años pasados en una vida donde hasta la más mínima actividad individual está regulada.

Algunas cartas me llegaban llenas de amargura. Fui testigo muchas veces del mismo proceso. La primera reacción de algunos es odiar

Miami, y aseguran que es una ciudad inculta, un pueblo de campo con
vías rápidas y aire acondicionado, que la mediocridad abunda más que
el sol y que apenas puedan se marchan como huyendo de la peste. Ellos
no se daban cuenta —como podía hacerlo yo desde Cuba— que a pesar
de lo que dijeran, también formaban parte de la mediocridad, en caso de
que sea cierta su existencia. Y de ser así cometían un delito mayor porque
si ellos sabían dónde estaba el problema y les molestaba, a ellos correspondía hacer algo por arreglarlo, pero no lo hacían y sólo se refugiaban en
la queja permanente, en la amargura profesional. La primera pregunta
que me saltaba a la vista, desde mi ignorancia en La Habana Vieja, era
por qué no se marchaban de Miami. Cuando pregunté las respuestas
fueron muchas, algunas torcidas y ceñidas a largas cartas donde balbucean
argumentos que se contradecían. Otros me dijeron una verdad que yo no
conocía: lo que sucedía es que todos sabían que en otro sitio les esperaba
la hostilidad. No es fácil conseguir un permiso de trabajo, por ejemplo, en
España o México. Y cualquier otro país que no sea hispanoparlante les
cierra la puerta diplomáticamente pronunciando palabras incompren-
sibles en otro idioma. Los que defendían Miami acusaban a sus
detractores. Los primeros decían que después de unos pocos años se
volvían a encontrar con los que deseaban marcharse de la ciudad, pero ya
en automóviles confortables y en los trámites de la compra de su propia
casa. Irónicamente, decían mis amigos defensores de Miami, se les podría
preguntar: "¿Pero por qué no te fuiste a París o a Berlín o a Roma? Allí
hubieras conseguido todo eso más rápido". Pero preferían no mencionar
el tema para no echar a perder el nuevo encuentro.

Algunos, por lo que dejaban entrever en sus cartas, habían logrado
que nada los afectara. Estaban convencidos de que Cuba está más allá en
el tiempo, pero mucho más cerca que lejos, y que algún día la situación
cambiaría y podrían tomar algunos tragos en sus bares. Y también
reconocían que en Miami descubrieron la república que no conocieron y
que aprendieron a amar. Eran algo así como hombres de dos ciudades,
con dos noches distintas en sus corazones.

Lourdes pasó por la sala con un short y un pullover —no tenía
trusa— en dirección a la piscina.

—¿Te embullas?

—No, gracias. Tal vez luego te siga.

—¿Encontraste a alguno? —preguntó señalando a la guía.

—Aún no he buscado.

—Que tengas suerte.

Me tiró un beso y desapareció por la puerta ventana.

XII

uando sonó el timbre de la puerta Lourdes estaba en la piscina. Así que fui yo quien respondió al llamado para encontrarme con un joven apuesto, de edad aproximada a la de Lourdes —tal vez un poco mayor— vistiendo un traje elegante, muy elegante para lo que yo estaba acostumbrado a ver en Cuba, y zapatos de empaque caro, de los que veía en los pies de los actores de películas europeas cuando estaba en Cuba. Su sonrisa fue amplia en un rostro perfectamente afeitado. Me estudió de arriba a abajo en rápida mirada y me extendió la mano cuyo anular estaba armado de un estrafalario sortijón:

—Antonio Manzano, para servirle.

—Alberto —dije estrechándole la mano.

—¿Tú eres el que vino en la balsa con Lourdes?

—El mismo.

—Pues bienvenido a Miami . . . Y llámame Tony, por favor. ¿Y Lourdes?

—Está en la piscina, lo esperábamos más tarde . . . Pero pase, por favor.

—No me trates de usted. Con Tony basta.

—Pasa, Tony —y le señalé el pasillo—. Ahora la busco.

Le indiqué un amplio butacón en la sala y fui a la puerta ventana. No tuve que ni que llamar a Lourdes porque ya se acercaba secándose con una toalla. Cuando me vio le hice señas de que alguien había llegado. Al parecer comprendió lo que quería decir y se acercó corriendo y entró hecha un cometa:

—¿Ya llegó Tony?

Me limité a señalar hacia la sala.

Lourdes llamó a gritos a Tony. Se encontraron camino a la sala y se abrazaron con ganas. Los dos rompieron a llorar y sólo sabían decir palabras entrecortadas y volver a abrazarse.

Dada las circunstancias decidí que lo mejor era servirme un Bacardí con hielo. Y así lo hice. Cuando regresé a la escena del reencuentro ya estaban más calmados. Tony se separó de Lourdes unos pasos y la estudió detenidamente para decir:

—¡Estás regia!

Esa expresión era característica de los homosexuales en Cuba —siempre se la adjudicaban a Alicia Alonso cuando salían de verla en el ballet— aunque en ese momento todavía no pude determinar con exactitud qué significaba en boca de Tony, después de todo, el idioma no es exclusivo de un grupo sexual determinado de la sociedad.

—Alberto, por favor, sírvenos algo de tomar a nosotros —me pidió Lourdes y después se dirigió a Tony—. Tenemos mucho, pero mucho que hablar. Vamos para afuera para que puedas fumar . . . Porque sigues fumando, ¿no?

—Sí, hija, por desgracia. A pesar de todos los esfuerzos nunca he podido dejar el vicio.

Ahí intercalé mi pregunta:

—¿Qué desea . . . qué quieres tomar, Tony?

—Dame un scotch con hielo.

Como no sabía bien a lo que se refería agregué:

—¿Qué marca?

—Pinch . . . Es la botella abombada, de tres lados —me explicó.

—¿Lourdes?

—Lo que tú estás tomando.

—¿Bacardí con hielo?

—Perfecto.

Y se llevó a Tony hacia el área circundante a la piscina y ocuparon dos sillones de extensión. Yo me dediqué a lo mío sin pensar mucho en qué significaría la llegada de Tony —a todas luces viejo e íntimo amigo de Lourdes— en mi vida, o tal vez en la vida de los dos.

Cuando me acerqué con los tragos me di cuenta de que cambiaban el tema de la conversación. Les entregué los vasos y me invitaron a sentarme con ellos.

—No, mejor no, creo que deben tener muchas cosas de qué hablar, muchos años separados . . . Los cuentos se acumulan y van a necesitar varios meses para ponerse al día . . .

—De ninguna manera, Alberto —dijo Tony—. Siéntate con nosotros; no tenemos secretos. Además, Lourdes me dijo que eres todo un novelista, incluso que estuviste preso en Cuba por escribir.

Me encogí de hombros.

—¿Es verdad? —insistió Tony.

—Más o menos —respondí.

—¿Qué es lo más y qué lo menos?

—Sí estuve preso en Cuba por escribir . . . Eso de ser escritor es otra cosa. Está por verse.

—¿Y no eres gay?

—¿Qué es eso? —pregunté confundido.

—Verdad que sí, ustedes acaban de llegar. Allá —y Tony se refería a Cuba cuando decía "allá"— no se usa esa palabra para designar a los homosexuales.

—Ah, ya entiendo. No, no soy homosexual.

—Pues yo sí —declaró Tony con desenfado.

—¡Tony, tú como siempre! —exclamó Lourdes.

—Pues me parece muy bien —fue lo único que se me ocurrió decir en esas circunstancias.

—Yo también escribo, o mejor, escribía. Aquí, con el trabajo y la velocidad de la vida, dejé todo eso, al menos por ahora, aunque siempre digo eso y no me enmiendo. Pero déjame decirte que es casi imposible que un escritor pueda ser escritor, escritor de verdad, sin ser gay.

—Vaya —dije con timidez—. Nunca había escuchado algo así en toda mi vida.

—Pues ya lo sabes —dijo con firmeza—: la historia de la literatura está llena de ejemplos.

Y mientras sorbía su scotch y daba bocanadas a su cigarro explicó que la sensibilidad de los homosexuales es superior que la de los heterosexuales a la hora de la creación. Yo no soy de los que opina que las filiaciones sexuales tengan que ver con el campo específico en el cual se desarrolla la persona, pero Tony era un defensor de lo contrario y preferí no contradecirlo, sencillamente escucharlo con educación. Yo pienso que en todas las ramas del saber y de la actividad humana hay personas de diversas conductas sexuales, las cuales eligen libremente y realizan su vida como el resto sin que la particular inclinación sexual los oriente por determinados rumbos. El hecho de que se nota más el índice de homosexuales en una profesión que en otra responde más bien a que esa profesión es más pública. Cualquier cantante o bailarín es una persona pública, por tanto, su vida privada es conocida. Un ingeniero o un veterinario, cuya vida profesional es anónima, aunque sea homosexual no es del dominio público.

De todas formas se habla mucho en torno al tema, las opiniones varían y la de Tony, por la forma en que hablaba, era la de un defensor a ultranza de los gays.

Me explicó, o mejor, nos explicó, porque Lourdes estaba tan perdida como yo en esos temas, que en el mundo moderno se desarrollan
los movimientos a favor de las minorías, ya sean étnicas, religiosas,
políticas o sexuales. Y los movimientos "gay" y de lesbianas son ejemplos
de cómo sus miembros desean ocupar un lugar en la sociedad con
igualdad de condiciones sin ser objeto de ningún tipo de discriminación.
Los heterosexuales no se ven precisados a orquestar un movimiento a
favor de sus derechos porque no son limitados en ningún sentido; la
sociedad moderna es heterosexual, según Tony a quien ya, a esas alturas,
tuve que servirle el tercer Pinch con hielo.

Pero esas reflexiones me hicieron pensar en el caso de Cuba, donde
los homosexuales se convierten de hecho en opositores políticos o, en el
mejor de los casos, en desafectos o mal vistos por la dictadura. Muchas
han sido las purgas contra los homosexuales llevadas a cabo en las uni-
versidades cubanas por parte de Castro, así como recogidas policiales
callejeras —en la mejor tradición fascista— y atropellos en las estaciones
de policía por el solo hecho de ser homosexuales. En las escuelas de
enseñanza secundaria y media, incluso en centros de trabajo humildes,
los homosexuales tienen que esconder su identidad o sufrir las consecuencias de una feroz persecución. El Partido Comunista de Cuba,
maquinaria política de la tiranía, no admite en su seno a homosexuales.
Bajo esas condiciones, un homosexual en Cuba es visto como un ente
social con todas las características del opositor —aunque la persona en
cuestión asegure estar a favor del régimen— y sólo los homosexuales que
reciben la gracia del dictador —altos miembros de su maquinaria dictatorial, amigos de la juventud del dictador o personeros del régimen,
escritores o cantantes que viajan por el mundo asegurando que en Cuba
no se violan los derechos humanos— pueden darse el lujo de ostentar
su filiación sexual sin ser reprimidos por ello. La causa no es sólo que la
sociedad cubana sea un conglomerado que, por tradición, es esencial-
mente machista, sino que la conducta del homosexual lleva implícito un
rechazo a lo establecido, al orden, a cualquier tipo de dictadura ya sea
ideológica o física, y es visto como un llamado a la rebeldía, aunque sea
sólo en el orden sexual, que puede contaminar al resto de la población.
Y no me refiero a contaminarlos en cuanto a la filiación sexual, sino a lo
que en realidad teme la dictadura: la contaminación de la irreverencia,
de la rebeldía, del rechazo a lo establecido.

Tony nos habló de un extraordinario documento cinematográfico
que probaba lo que yo pensaba y que no imaginaba que existiera en
Miami. Se trataba de un documental de Néstor Almendros —premio

Óscar— y Orlando Jiménez Leal, hecho en el exilio y titulado *Conducta impropia*. La tenebrosa UMAP —Unidades Militares de Ayuda a la Producción— escondía bajo ese nombre campos de concentración a donde iban a parar los desafectos, incluyendo a los homosexuales. En el filme citado aparecen testimonios sobre este horror surgido de la imaginación de Castro.

No pude evitar que llegaran a mi mente mientras Tony hablaba tres casos cubanos destacados: José Lezama Lima, Virgilio Piñera y Reinaldo Arenas. Los tres, en mayor o menor medida, sintieron sobre sí el peso de la cacería contra los homosexuales desatada por Castro. En el caso de Piñera y Arenas esto llegó hasta la prisión. Pero los tres eran hombres de letras destacados dentro de la cultura cubana y con ribetes internacionales. Arenas, excelente novelista. Piñera, destacado narrador y dramaturgo a quien las letras del continente deben su verdadero lugar en el cuento fantástico. Lezama Lima es un descomunal monstruo cultural que la dictadura, después de muerto, ha tratado de ganar para sí, al igual que el caso de Piñera. Por supuesto, ninguno de los dos puede protestar.

Pero Tony no paraba en su alegato a favor de los gays y la producción literaria, y de ahí pasó a todos los campos de la actividad humana con una impresionante lista de nombres famosos. Me disparaba los nombres entre sorbos de Pinch, y ante mí desfilaron luminarias de todo tipo como E. M. Forster, Virginia Woolf, Gertrude Stein —de quien Hemingway dijo que había aprendido a escribir diálogos en un libro llamado *Fiesta*, quien dio nombre a la "generación perdida" y que tuvo el honor de ser pintada por Pablo Picasso—, Tennessee Williams, Verlaine, Rimbaud, Óscar Wilde —inolvidable *El retrato de Dorian Gray*—, Walt Whitman, Allen Ginsberg, Marcel Proust, Franz Schubert, James Dean, Langston Hughes, Fritz Krupp, Marlon Brando, Charles Baudelaire, Sir John Gielgud, Henry James, James Buchanan, Eduardo II, Tyrone Power, Rodolfo Valentino, Cole Porter, Marilyn Monroe, Greta Garbo, Errol Flynn, George Sand, Jean Cocteau, Marcel Proust, Julio César, Robert Graves, Mick Jagger, León Tolstoy, Yves St. Laurent, Napoleón Bonaparte, Coco Chanel, Maurice Chevalier, T. S. Eliot, Truman Capote, Eleanor Roosevelt, Montgomery Clift, Richard Burton, Winston Churchill . . . Con ese nombre me quedé con la boca abierta, y como Tony se dio cuenta, me miró muy serio y me dijo:

—Sé que no crees la mitad de lo que estoy diciendo, sobre todo cuando te encuentras con un nombre como el de Churchill, pero todo es cierto como que me llamo Tony, ella es Lourdes y estamos en Miami . . .

Y sobre Churchill —agregó—, estuvo en Cuba a finales del siglo pasado como fotógrafo cuando la guerra del 98. Estoy seguro que tuvo algún romance allá, en nuestra cálida isla y tal vez bajo alguna palmera.

No tuve más remedio que romper a reír, pero en realidad la mezcla de campos de actividad humana que reflejaban los nombres que había citado Tony demostraba en alguna medida que la filiación sexual no limita o beneficia a la persona para desarrollarse en un campo determinado. De hecho, creo que no queda ninguna rama de la vida sin que un homosexual logre ser figura destacada. Por supuesto, lo mismo sucede con los heterosexuales. De todas formas, en muchas ocasiones hemos disfrutado de obras literarias sin conocer la vida del autor, lo cual indica una vez más que los seres humanos tienen un factor común que los une por encima de cualquier diferenciación. Las obras literarias o de arte, una vez que salen de las manos de su autor, hacen vida propia y pocas veces miran hacia atrás. Basta citar a Kafka para saber que el universo del arte tiene su propio aliento y rumbo —incluso en contra de su propio progenitor, quien no quería que sus trabajos vieran la luz— y sólo la calidad determina su muerte.

—¿Escribías desde que radicabas en Cuba? —pregunté.

—Sí, pero tú sabes cómo es allá —respondió Tony—. Mis libros son, o eran, libros gays, tema prohibido para gente como yo aunque legal entre los maricones "cortesanos". Así que olvídate del asunto: nunca publiqué.

—¿Por qué dices "eran"?

—Ya te darás cuenta de la razón cuando lleves un tiempo viviendo aquí —y estiró el brazo para asir la mano de Lourdes—. Tú también te darás cuenta. Hay que trabajar mucho porque el dinero es necesario. No se vive como en Cuba, sin hacer nada y comiendo cualquier bobería y viviendo agregado en casa de algún amigo o familiar. Y cuando te involucras en una vida económica saludable, como la mía gracias a Dios, ya no hay tiempo para la literatura. Eso de dedicarse sólo a la literatura es para los marginados de allá, que no hacen nada, son perseguidos y están siempre al borde de la cárcel, o para los escritores oficiales, los famosos sargentos literarios.

En eso Tony tenía razón. Los marginados en Cuba tienen todo el tiempo del mundo para escribir, lo que sucede es que también tienen que dedicar una gran parte de ese tiempo a huir de la persecución y a protegerse de la celda que siempre les está esperando en cualquiera de las tantas prisiones de la isla. Por su parte, los escritores oficiales, vendidos a la policía política —como el destacado novelista Alejo

Carpentier—, llegaban a niveles de vida donde también tenían todo el tiempo del mundo para hacer su obra porque el aparato policiaco cultural los apoyaba. En el caso de Carpentier, ese gran novelista fue auspiciado por la dictadura de Castro mientras estuvo en vida hasta que llegó al Premio Cervantes de Literatura desde su puesto de agregado cultural en París (como buen comunista, por supuesto, no vivía bajo los rigores del comunismo), y fue durante un tiempo, en el colmo del cinismo burocrático, nada menos que presidente de la Asamblea Nacional del Poder Popular por el municipio de La Habana Vieja. Y no es una broma. Sencillamente se trata de una muy socorrida inmoralidad de la dictadura: la botella absoluta, la máxima expresión del robo institucionalizado. Debo señalar que este tipo de botella es muy distinto al que existía en la Cuba republicana que no llegaba ni siquiera a breve boceto de botella comparado con el que auspicia Castro para sus aduladores.

Muchos pensarán que el afrancesado cubano, o el francés acubanado —algunos aseguran que Alejo, hijo de rusa y francés, no nació en Cuba sino en Europa—, dirigía desde París gracias a un médium o una santera sus asuntos gubernamentales en la para él remota y ajena Habana Vieja. Pues no. Sencillamente no dirigía nada y punto. ¿O es que alguien cree que los comunistas, además de ostentar cargos, tienen que desempeñarlos? No. ¡Sería un verdadero atropello para sus sicologías abrumadas con el hambre que hay en el mundo! Por otra parte eso de ostentar un cargo y además ejercerlo sólo sucede en el terrible capitalismo donde todos, hasta los millonarios, tienen que trabajar.

Pero fue una burla tan macabra el hecho de designar a Carpentier para semejante posición que no tardaron en aparecer las bromas en La Habana: el humor, escape característico del cubano ante la adversidad. Y cuenta la leyenda —la anécdota corrió de boca en boca desde el primer día de su designación— que cuando tomó posesión de su flamante cargo en el Poder Popular le preguntó a su asesor inmediato cuál era el problema más urgente que confrontaba la población de La Habana Vieja. La respuesta fue sencilla y breve:

—El pueblo se queja de que no hay pan, compañero Alejo.

Carpentier, en su arrastrar de erres, lo miró asombrado, atónito ante la cruda respuesta y de inmediato preguntó:

—¿Y por qué no le dan pasteles?

Así viven, disociados de la realidad, los alabarderos de la dictadura. Al pobre Alejo, más francés que cubano —sobre todo por su nivel de vida—, sólo se le ocurrió repetir la frase que se le atribuye a María

Antonieta cuando se vivían los terribles momentos de la toma de la Bastilla. La diferencia es que a María Antonieta la decapitaron y Alejo murió en casa, posiblemente con algún buen coñac en el estómago por si el viaje al más allá era algo frío. Yo sabía muy bien a lo que se refería Tony porque yo mismo era en Cuba uno de los marginados a los que les sobraba el tiempo y conocía muy bien a los sargentos culturales.

Cuando pregunté a Tony si conservaba algunos de los libros escritos por él su respuesta fue tajante:

—Lourdes los quemó en Cuba por temor a la policía política.

Yo ya lo sabía por boca de la misma Lourdes y la respuesta era de esperar. Se trataba del fuego de siempre, el aniquilador y a la vez salvador porque destruía la prueba del crimen: el libro, el poema o la canción escrita sin el consentimiento del régimen. Lourdes intervino:

—Por lo visto sólo conozco a escritores que no escriben ya.

—Tomás sí —señaló Tony.

—Pero él siempre escribió poesía, Alberto —me aclaró Lourdes—. Muy buenos poemas, según el decir de todos.

Ese todos, por supuesto, no estaba constituido por el mundo oficial, sino por el otro, el de los que se reunían en el restaurante El Patio —o cualquier otro lugar propicio para hablar en susurros— para charlar de literatura y hablar mal del gobierno. Pero Tony me señaló de inmediato:

—Pero tú puedes comenzar a escribir de nuevo aquí, en condiciones de libertad, si tienes el tiempo y el ánimo suficiente para hacerlo. ¿Trajiste algo de Cuba?

—Traje una novela, ya terminada, pero sólo se salvaron un puñado de páginas durante la travesía en balsa —respondí.

—¿Puedes reconstruirla?

—Creo que sí, pero no sé si vale la pena.

Y Lourdes pasó a explicar mi deseo de publicar desde Cuba, pero en el exterior, para reproducir el caso Padilla.

—Bueno, pues ya no va a ser así . . . —dijo Tony apenado—. Pero si no te dejas tragar por el sistema, aquí también puedes hacer lo que quieras. Está de más decirte que estoy a tu disposición para cualquier cosa que necesites.

Decidí cambiar de sujeto de estudio y pasé a Tomás:

—Tomás, el poeta amigo de ustedes, ¿ha publicado algo?

—Sí . . .

Lourdes lo interrumpió:

—¡No te creo! ¡Fantástico! ¿Cómo se llama el libro?

—*El sendero marcado y otros poemas* —respondió Tony—. Creo que es un gran libro, pero no ha recibido mucha atención. Por otra parte . . .

Tony guardó silenció y dirigió la vista hacia el fondo de su vaso casi vacío.

—¿Quieres otro scotch? —pregunté.

—No, está bien así, recuerda que tengo que conducir.

—¿Qué ibas a decir de Tomás que te callaste? —preguntó Lourdes con el tono que ella sabía emplear cuando deseaba y que andaba muy cerca de la orden.

—Ya he tenido que desintoxicarlo tres veces.

—¿De qué intoxicación? —preguntó Lourdes ingenuamente y Tony se echó a reír.

—Lourdes, cuando digo desintoxicarlo busco una forma elegante, que además es la que se usa, para decir que tuve que ingresar tres veces a Tomás para limpiar su cuerpo de todo tipo de drogas.

—¿Drogas?

—Sí, drogas.

—¿Pastillas? —preguntó Lourdes en un susurro.

—Eso era en Cuba . . .

—¿Mariguana?

—¡Ojalá fuera eso! La mariguana es lo menos nocivo de todo lo que consume Tomás . . .

—¿Consume?

—Lamentablemente no puedo conjugar el verbo en pasado. A pesar de todos mis esfuerzos sigue en lo mismo. Es como si quisiera matarse. A veces pienso que es mejor dejarlo que siga como quiere, no impedir nada, abandonarlo a su suerte . . . Pero sabes que nos conocemos hace muchos años. No puedo volver la cabeza y dar por terminado el asunto.

Y Tony nos contó de sus giras por el infierno, como él las llamaba, tratando de ingresar a Tomás cuando llegaba al límite. Una de esas giras, la primera, había comenzado en la calle Flagler, cuando se disponía a arrancar su automóvil y vio a un joven, con lentes de sol al estilo John Lennon, que tocaba en su ventanilla derecha. Cuando bajó el cristal comprendió por su olor que se trataba de un mendigo.

—La inspección visual que hice de él confirmó lo que mi olfato anticipó: ropas ajadas y raídas, suciedad en la piel y el pelo muy empegostado por la grasa y el vivir sin higiene —continuó contando Tony—. En seguida vino a mi mente nuestro mendigo nacional cubano, El Caballero de París, y la última vez que lo vi en Infanta y Belascoaín, en La Habana, cuando a mi efímero saludo respondió ofreciendo unos restos de pizza que llevaba en una bolsa de nylon, suprema lección de compartir con un desconocido la última de las miserias.

Lo que Tony nunca imaginó era que detrás de los calovares estaban los ojos de su amigo de toda la vida, Tomás, llegado a Estados Unidos por el Mariel, al igual que él, y que no veía desde hacía varios años. El mendigo, antes que Tony reconociera en él a su amigo, le preguntó si iba para allá abajo, añadiendo un vago gesto con sus manos que poco ayudó a determinar dónde quedaba ese abajo. En ese momento fue cuando el mendigo se quitó los calovares.

—No pude creerlo —dijo Tony—. Era Tomás, nada menos que Tomás en condiciones de mendicidad.

Tomás estaba drogado, pero no completamente "perdido". Cuando Tony le dijo quién era, Tomás rompió a llorar y se sentó en el piso. Tony apagó el motor del automóvil, se sentó junto a él, le pasó el brazo por encima y le dijo:

—Soy Tony, tu amigo de siempre.

Cuando Tomás subió al auto comenzó la primera "gira por el infierno". Tomás vivía en la calle, por esos alrededores, y aseguró que no quería molestarlo, sólo deseaba un simple café. Tony le entregó el desayuno que había comprado para sí y observó cómo lo consumía a su lado en cuestión de segundos, en el asiento del auto.

Tomás confesó cuando terminó el desayuno:

—Hace dos días consumí crack, pero quiero terminar con esto: necesito un lugar donde estar.

Tony emprendió camino hacia Camillus House para encontrar, en los contornos de la oficina donde están los trabajadores sociales, una cincuentena de mendigos negros con su envoltura de fetidez, desamparo y tristeza. Se abrió paso con su inglés observado por aquella tropa que notaba la diferencia de colores, y olores, entre ellos y los dos recién llegados. Con más inglés Tony llegó a la puerta que lo introducía en el burocratismo de las preguntas. Tony casi se cae al piso por el asombro cuando le preguntaron por el número de seguro social de Tomás. Todo parecía que iba por buen camino hasta que llegó la respuesta radical: no, no tenían donde alojar a Tomás, pero sí un turno en una clínica especializada en drogas para cuatro días después. No, análisis de sangre tampoco, la enfermera ya se había marchado. Solución restante y consejo sano: todo se resuelve en el Salvation Army donde podría pasar esos días.

Pero cuando Tony llegó allí con Tomás al Salvation Army una norteamericana, empleada del lugar, le dijo que conocía ese rostro, ya él había estado allí y resultó una fuente de problemas serios. No, no, aquí no se puede quedar cuatro días. Y Tony recibió una lista de lugares posibles mientras Tomás repetía que sólo deseaba pasar unas noches bajo techo porque la frialdad era cortante en esos días. La siguiente escala de Tony en su gira por el infierno fue en la zona del northwest, donde después de consultar a tres empleados de una institución llegó a la ventanilla correcta. La norteamericana le indicó a Tony que debía permanecer sentado y le señaló un grupo de sillas donde varios hombres, todos negros norteamericanos, estaban bajo los efectos de las drogas. Uno de ellos, repentinamente, comenzó a aplaudir. Otro, mirando al techo, sonreía con una pasividad espeluznante. Un tercero se secaba constantemente el sudor de la frente con una gorra sucia al tiempo que lloraba sin producir ruido alguno. Finalmente le tocó el turno a Tomás y lo llamaron para un chequeo. Tony esperó pacientemente hasta que Tomás regresó y le dijo: "Vámonos, aquí tampoco me quieren". Cuando Tomás exigió una explicación le dijeron que el paciente tenía que estar bajo la influencia de una fuerte dosis de drogas y que Tomás sólo necesitaba atención externa, por lo que no podía quedar ingresado. En otras palabras, era todavía salvable, por tanto, no había urgencia.

El viaje, la gira por el infierno de Tony, terminó en el mismo lugar junto a Tomás, frente a una suculenta comida acompañada con sodas. Y Tony nos preguntó con los ojos algo congestionados, casi a punto de que le saliera alguna que otra lágrima:

—¿Cómo Tomás había llegado a ese estado? ¿Fue un error de él? ¿Hizo algo contra la ley y se convirtió en un "fugitivo" como la película de Paul Muni? ¿Se había vuelto loco? ¿En qué punto había comenzado la cuesta abajo? Tal vez junto a su familia y en su patria no tendría esa suerte . . . Tal vez otra peor, nadie sabe. Ahora está mejor gracias a mis cuidados, pero en ese momento su ficha era más o menos así: Nombre: víctima. Procedencia: Mariel. Dirección: desconocida. Ocupación: mendigo. Pasado: Cuba. Presente: desesperanza. Enfermedad: tragedia nacional. Futuro: incierto. Culpable: Castro.

Lourdes estaba impresionada. Cuando Tony terminó su relato ella rompió a llorar sin remedio. Se trataba de una mañana de muchas emociones. Tony se levantó y me pidió que le indicara dónde estaba el Pinch. Lo acompañé hasta el bar y le serví con generosidad. Aproveché y me serví a mí también. Lourdes prefirió quedarse sola con sus recuerdos y su llanto en el área de la piscina. Nosotros no insistimos en que nos acompañara.

—Se quisieron mucho —me reveló Tony cuando ya estábamos dentro de la casa y lejos de Lourdes—. Creo que ninguno de los dos ha querido a nadie como se quisieron entre ellos.

Para mí era una gran noticia. El pasado de Lourdes se iba dibujando ante mis ojos con rapidez. Su pasado tenía mucho que ver con mi futuro, o por lo menos con el boceto de mi futuro. Fui suficientemente decente como para no preguntar nada. Pero no hizo falta porque Tony siguió:

—No sé qué pasará cuando Tomás la vea.

—¿La recuerda?

—No sabe hablar de otra cosa desde que lo encontré en la calle —respondió Tomás—. Incluso ha intentado regresar a Cuba sólo para encontrarla. La vida es complicada y nadie está avisado del alcance de la complicación. Estoy preocupado. Ni siquiera sé si cuando lleguemos a casa de Tomás estará presentable.

—¿Dónde vive?

—Yo le alquilo una habitación en La Pequeña Habana. Sencillamente lo mantengo. No le doy dinero porque se lo gasta en drogas, sólo comida. Y yo mismo pago el alquiler y la cuenta del teléfono directamente, sin que él vea un centavo.

—¿Y cómo lograste salir de aquella primera "gira por el infierno"?

—Tengo muchas relaciones, me va muy bien en Miami. No me puedo quejar. Y en mi lista de íntimos hay muchos médicos cubanos ya ejerciendo. No fue difícil conseguir un tratamiento especializado sin que me costara un dólar.

—¿Pero no ha logrado curarse definitivamente?

—En el caso de Tomás no ha sido posible. Y yo perdí las esperanzas. Tal vez con Lourdes aquí la situación cambie . . .

En ese momento Lourdes llegó junto a nosotros procedente de la piscina y dijo una sola frase:

—Tengo que verlo ahora mismo.

XIII

Por supuesto que el automóvil de Tony era de los caros. Según él y de acuerdo a su gusto, el Jaguar era el más elegante de todos los que estaban al alcance de su bolsillo. Negro, con asientos de piel, pizarra de madera legítima, todos los aditamentos electrónicos incluyendo un equipo de CD y ventanilla en el techo, tuve que reconocer su elegancia. Cuando pregunté a Tony sobre los automóviles norteamericanos contestó que eran de buena calidad, pero que el estatus, el símbolo de abundancia que proporcionaba un auto importado como el Jaguar, o el Mercedes Benz —que no le gustaba— no era posible con un Lincoln o un Cadillac. No entendí muy bien la explicación pero se lo atribuí a mi ignorancia de recién llegado al mundo del neón y la velocidad. Lourdes ocupó el asiento delantero junto a Tony y se dedicó a jugar con todos los botones de la flamante pizarra. Yo me ubiqué atrás, maravillado con la vista del expressway, la velocidad de los automóviles que nos pasaban por al lado o de los que dejábamos atrás —los más, porque Tony era ligero a la hora de apretar el acelerador— pero sobre todo asombrado por la cantidad de automóviles de todo tipo y de todas marcas, algo que no veía desde mi niñez antes del triunfo de Castro en 1959.

Debido a la determinación de Lourdes habíamos cambiado los planes. El almuerzo previsto en un restaurante famoso de la ciudad fue pospuesto para ir a ver a Tomás en la Pequeña Habana, dada la urgencia de Lourdes. Tony nos explicó que la Pequeña Habana ya no era tal. Al principio del exilio cubano, los que llegaban de la isla coparon esa zona cercana al downtown, pero con el tiempo y la mejoría económica se fueron mudando a casas nuevas, más caras, en barrios más exclusivos, y la zona fue ocupada poco a poco por inmigrantes latinos no cubanos que llegan huyendo de sus respectivos infiernos. Esas nuevas oleadas también, cuando alcanzan algún bienestar económico, se mudan a otra

parte y son sustituidos por otros que llegan ansiosos y con deseos de
triunfar, y así hasta el infinito. De manera que la Pequeña Habana no
era ni pequeña ni habanera. Cualquier nacionalidad se podía encontrar
entre sus residentes menos la cubana. Lo que sí continuaba en poder de
los cubanos era la gran mayoría de los negocios de la zona, pero los
empleados eran latinos de otros países.

Durante el trayecto Tony nos explicó que Tomás y él llegaron a
Miami en barcos diferentes a través del éxodo del Mariel en 1980. Tony
estaba preso en La Habana por homosexualidad manifiesta cumpliendo
dos años de condena y las autoridades lo embarcaron en un bote —
llamado *El Palmar*— y de ahí directo del puerto del Mariel a Miami.
Dejó pendientes sin cumplir dieciocho meses de su condena. Tomás, por
su parte, consiguió abordar otra embarcación fingiendo ser miembro de
la religión Testigos de Jehová, muy perseguida en Cuba porque sus
seguidores se niegan a usar uniformes, portar armas, saludar la bandera
nacional o tener opiniones políticas. También la policía lo ubicó rápidamente en otra embarcación y lo lanzó hacia La Florida: Castro se
deshacía de lo que él llamaba la "escoria" de la sociedad revolucionaria.
Una vez en Miami, los que tenían familia o amigos en Estados Unidos
y eran reclamados de los campamentos de refugiados, se les permitía salir
a incorporarse a la vida de la ciudad. Los que no tenían a nadie que los
reclamara, eran relocalizados en otros estados de la nación a través de
organizaciones humanitarias, fundamentalmente religiosas. Ése fue el
caso de Tomás, que fue a parar a Oklahoma y comenzó a trabajar en una
fábrica empacadora de pollos congelados, sin hablar una sola palabra de
inglés y sin conocer a nadie. No tardó en reunir un poco de dinero y
regresar a Miami para probar suerte junto a los suyos. La misma rosa
náutica siguieron miles de cubanos que fueron ubicados en otros estados
de la nación. Apenas lograban ahorrar un poco de dinero, regresaban a
Miami, ciudad donde en cualquier esquina, y en español, se podían
comunicar con personas que estaban dispuestos a echarles una mano.
Con el tiempo, cualquier cubano lograba encontrar hasta a sus viejos
amigos del mismo barrio de Cuba, de la infancia o de la escuela. Era la
reproducción del medio ambiente anterior bajo otras condiciones. El
duplicado de un sueño.

Tony tuvo más fortuna, si se puede catalogar de tal, y unos tíos suyos
que no veía desde que era niño lo sacaron de los campamentos llenos de
carpas al aire libre y se lo llevaron a vivir con ellos. Eran personas de
buen bolsillo. Cuando los tíos comprendieron que Tony era homosexual
y lo peor, que no lo ocultaba, lo lanzaron de inmediato a la calle.

—No fueron tan malos —explicó Tony—. Los comprendo. Sé que soy un homosexual muy agresivo, o era, pero ya he aprendido la lección y no vale la pena molestar a los demás con la condición sexual propia.

Los tíos de Tony le dieron suficiente dinero como para que alquilara una habitación en algún lugar humilde y le regalaron un viejo automóvil Chevrolet de 1978 —muy distinto de su actual Jaguar— que gastaba muchísima gasolina con su motor de ocho cilindros y tamaño espectacular. Querían salir de él sin parecer unos ogros feroces.

—Los primeros tiempos fueron difíciles hasta que encontré trabajo en un restaurante como ayudante de cocina. No puedes imaginar la cantidad de platos que rompí y los sofritos que eché a perder. Pero el dueño me estimaba: era gay. Ganaba poco, pero me alcanzaba y comía en el restaurante, y aprendí a desenvolverme con el inglés, "el difícil", como le dicen los recién llegados. Así seguí, contando el dinero hasta el último centavo, hasta que conocí a Alejandro.

La vida de Tony cambió cuando se fue a vivir con Alejandro —cubano llegado de Cuba en 1959— en una casona de Coral Gables de estilo Mediterráneo llena de arte caro y de buen gusto, quien, según Tony, era todo un caballero. Frisando los setenta, Alejandro se mantenía en forma gracias a una rigurosa dieta y ejercicios sistemáticos. No fumaba, no consumía alcohol ni tomaba café, en cuanto a drogas ni pensarlo. Todos los días nadaba veinte piscinas con agilidad excesiva para su edad. Pero según Tony, la clave de la salud y la presencia de su compañero sentimental se debía a la cantidad de dinero que tenía.

—No hay nada como el dinero, sobre todo tenerlo —dijo Tony—. Si te fijas en las personas adineradas te darás cuenta que los envuelve otra atmósfera. Se nota a las claras que no están apurados, ni preocupados, como si todo fuera lejano para ellos, ajeno. Y realmente lo es, no lo dudes.

La fortuna de Alejandro se debía a su cadena de peluquerías. Poseía doce establecimientos bien ubicados en diferentes zonas de la ciudad y entre todas le dejaban suficiente dinero como para adquirir esa aura de paz que señalaba Tony en las personas de buen bolsillo.

—En realidad —confesó Tony—, aunque Alejandro me gustaba y había sido muy bueno conmigo no podía resistir el mirar a otros muchachos, sobre todos jóvenes. Algunas veces lo engañé. Pero él tampoco era un santo. Tuvimos nuestros momentos amargos, como cualquier pareja en este planeta.

La muerte repentina de Alejandro le trajo a Tony la sorpresa de la herencia: todo se lo dejó. El primer paso que dio Tony fue vender diez de las doce peluquerías para no tener que atenderlas. Con ese dinero compró tres edificios de ocho apartamentos cada uno para alquilarlos. Colocó a un mánager en cada edificio y dejó en manos de un administrador las dos peluquerías que no vendió.

—El negocio marcha solo —dijo Tony con orgullo—: no tengo que trabajar. Por cierto —ahora dirigiéndose a Lourdes—, necesitas un buen peinado en uno de mis salones de belleza. Tienes el pelo que parece una escoba en desuso.

Después de unos quince minutos el Jaguar de Tony abandonó el expressway y entró en la calle Flagler que, al pasar unas cuadras, se dividió en dos. Nosotros seguimos por Primera, buscando la Avenida 20 para hacer una derecha y encontrar la Calle Segunda, donde estaba la habitación que Tony le había alquilado a Tomás y le pagaba mensualmente.

Cuando Tony parqueó nos bajamos del automóvil y lo seguimos hasta una casa que en otros tiempos fue una mansión elegante de dos plantas, ahora convertida en edificio de alquiler, con un apartamento amplio en la planta alta y dos pequeños en la baja. Uno de ellos era el de Tomás. Tony sacó su llavero y nos enseñó una llave.

—Tengo una copia porque con Tomás nunca se sabe —dijo.

Lourdes estaba realmente nerviosa. Se le notaba a las claras la desesperación por ver de nuevo a Tomás. Para mí, actor ajeno en la película de Lourdes, todo resultaba muy prometedor. Después de todo, cada paso de Lourdes era nuevo para mí, como el rumbo que había tomado mi vida desde aquella noche vigilada y terrible de La Habana Vieja cuando me involucré, sin desearlo conscientemente, en el mayor de los peligros: la atracción por Lourdes y su mundo extraño y distinto al mío.

Cuando Tony abrió nos encontramos en un salón bastante amplio con piso de madera, casi sin barniz por el uso y la falta de mantenimiento, donde estaba todo. En una esquina, una cama revuelta con una mesita de noche llena de libros y dos ceniceros repletos de colillas. En el extremo opuesto una pequeña mesa con una sola silla servía de comedor —era evidente porque tenía un plato de cartón con un pedazo de pollo reseco y viejo— y en el medio, junto a una ventana, un buró con otro cenicero lleno de colillas, libros dispersos y sin orden y una máquina de escribir eléctrica.

—Puede que no esté aquí —dijo Tony y se dirigió a una cortina que conducía a la otra sección de la habitación.

Cuando Tony la abrió pudimos ver una cocina con el mostrador lleno de vasos y platos plásticos sucios y otra puerta que conducía al baño. El refrigerador tenía la puerta abierta y del congelador chorreaba agua como un indicativo del supremo grado de abandono en que vivía Tomás. Lourdes y yo escuchamos la exclamación de Tony:

—¡Qué horror!

De ahí Tony pasó a abrir la puerta del baño y entonces escuchamos por segunda vez la misma exclamación:

—¡Qué horror!

Lo seguimos y entramos detrás de él en el pequeño baño.

Dentro de la bañadera llena de agua había un hombre desnudo, Tomás a todas luces, al parecer dormido. Tenía el pelo enmarañado y sucio, la cabeza descansaba en uno de los bordes de la bañadera por suerte por encima del nivel del agua.

—Otra vez en la bañadera —exclamó Tony—. Estoy por mudarlo a un apartamento que sólo tenga ducha.

Tony le dio unas bofetadas ligeras en el rostro para despertarlo, pero la única respuesta fueron unos gruñidos y algunos gestos vagos con las manos. Después de eso Tomás cayó en la misma posición y en el mismo estado de inconsciencia.

Lourdes apartó a Tony y se arrodilló junto a la bañadera. Estaba llorando. Yo me senté en la taza del inodoro a observar la escena. Lourdes asió la cabeza de Tomás entre las manos y lo besó en la boca, le acarició el pelo y comenzó a hablarle entre susurros. Pero Tomás no reaccionaba en lo absoluto.

—Lourdes —intervino Tomás—. Es inútil, hay que llamar al 911.

—¿Qué es eso? —preguntó Lourdes.

—Emergencia, el servicio de ambulancias.

—Tal vez con una ducha fría podamos . . .

—Lourdes —la interrumpió Tony—, no se trata de una borrachera con ron o con pastillas allá en La Habana. Sólo Tomás sabe qué tipo y qué cantidad de drogas consumió. Tiene un verdadero laboratorio químico en el cerebro. Nosotros no podemos hacer nada. Hay que llamar al 911 sin remedio.

—¿Y tendrá problemas con la policía? —preguntó Lourdes.

—Lo dudo, pero de todas formas tengo abogado, y que no me cuesta, no te preocupes —respondió Tony tranquilizándola.

Tony sacó del bolsillo interior de su saco un teléfono celular y marcó los tres números. Lourdes, sin dejar de llorar, me pidió ayuda para sacar a Tomás de la bañadera. Se hacía difícil maniobrar con él debido a su peso y al agua que llenaba la bañadera. Sumergí el brazo y logré localizar el tapón. Cuando lo retiré el agua comenzó a bajar su nivel lentamente. Entre Lourdes y yo, mientras Tony hablaba por teléfono, logramos halar a Tomás por los brazos y sacarlo de la bañadera hasta dejarlo caer en el piso del baño, directamente sobre las baldosas. El hombre estaba totalmente inconsciente y comenzó a salir de su boca un pequeño hilo de espuma.

—Vamos a llevarlo hasta la cama —dijo Lourdes.

—No podemos con él tú y yo, tendremos que arrastrarlo.

Lourdes, fuera de sí, le gritó a Tony que dejara el teléfono y que viniera a ayudar. Tony ni se inmutó:

—Olvídalo, Lourdes, esto me ha pasado más de una docena de veces con Tomás, es una vieja película repetida. Los enfermeros del rescate saben cómo lidiar con estos casos. Déjalo donde está que es mejor para todos, incluso para Tomás.

Y Tony fue hasta la cama y regresó con una almohada, que le dio a Lourdes, indicándole que se la colocara debajo de la cabeza. A los pocos minutos se escucharon las sirenas de la ambulancia que se acercaba.

Lo sacaron de la habitación en camilla y lo introdujeron en la ambulancia. Tony decidió seguirlo hasta el hospital y nos pidió que lo esperáramos allí, que él nos llamaría por teléfono cuando regresara a buscarnos. La ambulancia partió con su espectáculo de luces, con Tomás dentro en su propio espectáculo de drogas y seguida por el elegante Jaguar de Tony.

Lourdes y yo regresamos al interior de la habitación de Tomás. El derroche de miseria se notaba por todas partes. Lourdes se paró en el medio del desastre y miró a todas partes estudiándolo todo. Finalmente, mostrando un aspecto femenino que hasta ahora no había notado, declaró:

—Este lugar necesita una buena limpieza. Antes de que regrese Tony con Tomás tiene que estar que brilla.

No sé de dónde Lourdes consiguió un cubo de plástico, una escoba y una frazada hecha trizas. No supe cómo, pero me convirtió en su ayudante de limpieza señalando dónde limpiar, qué recoger y qué desechar en una bolsa plástica enorme que usamos para tal efecto. Lo peor de todo fue la cocina y el baño. Los alimentos del refrigerador, sin excepción, estaban podridos, sin contar que en una cesta de mimbre encontramos montones de ropa sucia de Tomás, llena de hongos verdes por la humedad. Lourdes, después de limpiar la bañadera, la llenó con agua caliente y echó toda la ropa sucia en ella, le agregó el detergente que encontró en uno de los estantes de la cocina y se puso a lavar a mano, sentada en la taza del inodoro. En la parte trasera de la habitación, afuera, a donde se llegaba por una puerta que tenía la cocina, había unas tendederas de alambre improvisadas atadas a dos árboles. Era la zona donde había estado el jardín posterior de la antigua residencia cuando disfrutó de mejores tiempos.

Después de tres horas de trabajo todo estaba limpio, los libros en su lugar y el refrigerador vacío, pero reluciente y con agua fría, y la ropa tendida secándose al aire libre. Lourdes se lavó la cara, echándose abundante agua por el cuello, y se secó con su propia blusa, quedándose con los senos al aire porque no llevaba ajustadores. Yo la imité y me sequé con su blusa. Cuando me senté, agotado, en una de las sillas, Lourdes fue a la cocina y regresó con un pomo de cristal de tapa plástica:

—Encontré café.

—Vaya, eso es una buena noticia —dije y agregué—: Espero que no esté podrido.

Lourdes lo olió con insistencia y declaró con seriedad que era digerible. Después se fue a la cocina y al poco rato sentí el olor de la infusión. La mala noticia era que no había azúcar, o mejor, sí había pero con una cucaracha muerta en la azucarera. Así que lo tomamos completamente amargo y pasamos a encender nuestros respectivos cigarros. Al parecer, había llegado el momento de aclarar algunas cosas.

—¿Así que Tomás es el hombre que quieres? —comencé sin mirarla, ensimismado en la ceniza de mi cigarro.

—Es algo muy viejo —dijo desde la cama, sentada en el borde, mirándome directamente con los ojos y los senos.

Ese tipo de conversación siempre me molestó. Prefiero no hablar, mantener distancias, que las palabras estén implícitas en las acciones. Pero la situación en que nos encontrábamos Lourdes y yo era muy especial: estábamos en otro país, para más señas totalmente desconocido. Y en mi caso con el agravante de no tener una tía Emilia con dinero en abundancia. Las cosas debían ser llamadas por su nombre, sin eufemismos.

—Lourdes —comencé, pero sin muchas esperanzas—, no tienes necesidad de mentir. Ninguno de los dos gana nada con la mentira. La pregunta es sencilla: ¿cuál es mi papel en tu vida?

—Tomás significa mucho para mí, Alberto.

—No pregunté qué papel juega Tomás en tu vida, te pregunté cuál es el mío.

—Él significa mucho para mí, pero tú eres otra cosa, algo distinto y de lo que no puedo prescindir.

—¿Y de él puedes prescindir?

Tardó un poco, pero lo dijo a las claras:

—Tampoco.

Me levanté, di unos paseos cortos por la habitación y finalmente me detuve frente a ella. Le tomé la barbilla para que me mirara a los ojos y después comencé, con las dos manos, a manosear sus pezones. Se irguieron como si fueran dos misiles. Mientras le tocaba los senos ella me abrió el botón del pantalón, bajó el zipper y sacó con la boca mi miembro ya erecto. Comenzó a chupar, asiéndolo con las dos manos, como si fuera la primera vez que lo tenía en su boca. Vi las estrellas. Ella se puso de pie, me abrazó y me besó, me acostó en la cama y me quitó toda la ropa. Se encargó de todo. Sin duda apelaba a su arma favorita, o al menos a la que creía más efectiva. Decidí darme una ducha y ella me siguió. Entró en el agua con su cuerpo de zamba ambulante bien tocada, llena de ritmo y trucos insondables. Me empujó con sus nalgas contra la pared de azulejos hasta que consiguió lo que quería. Como no había toallas tuvimos que secarnos con su blusa. Ella hizo más café y nos acostamos en la cama a fumar. Ninguno dijo una sola palabra en largo rato. Yo rompí el hielo:

—Todavía no has contestado.

En ese momento sonó el teléfono. Lourdes contestó y resultó ser Tony para decirnos que Tomás estaba fuera de peligro, pero que no saldría del hospital hasta el día siguiente y que venía a buscarnos, tardaría sólo unos diez minutos.

—Tenemos que vestirnos —dijo Lourdes.

La respuesta seguía en el aire al igual que los senos de Lourdes mientras se ponía la ropa.

XIV

Tony llegó con su elegante Jaguar rechinando gomas y comenzó a sonar el claxon. Ya estábamos listos y cuando salimos Tony nos gritó que nos apuráramos, que cerráramos bien la habitación de Tomás y que subiéramos al automóvil. Tony no podía llevarnos a almorzar a ningún lugar porque tenía gestiones urgentes e insoslayables que resolver. Se trataba de algo relacionado con su abogado, su contador y algunas declaraciones de impuestos que tenía que poner en blanco y negro. Así que después de todo, a pesar del dinero, Tony también tenía una vida algo agitada, aunque no tan agitada como la de los que no tenían dinero ni abogados ni declaraciones de impuestos.

Ya en el Jaguar nos explicó que nos llevaba directo a la casa de Emilia, que allí debíamos esperarlo con paciencia y que nos recogería más tarde, cuando resolviera sus problemas, para comer en algún lugar, un buen lugar, de comida cubana bien hecha, como la de allá. Después agregó:

—De Tomás no se preocupen. Está en buenas manos, gente que sabe mucho sobre cómo desintoxicar a los drogadictos y que ya conocen el caso de Tomás. Así que no se sientan mal, todo marcha sobre ruedas, déjenme eso a mí.

Tony abordó el expressway como si fuera un cohete de la NASA. Nos pusimos el cinturón de seguridad —acción que él mismo sugirió— y yo me persigné rogando que, si Dios existía, me ayudara a llegar vivo a la casa de Emilia. Lourdes se mantuvo en silencio durante un buen rato hasta que preguntó:

—¿Cuán dañado está Tomás?

—Ya te dije que no se preocupen. El asunto es mantenerlo alejado de las drogas, y del alcohol. Sé que es difícil, que es un vicio muy duro, pero tal vez ustedes puedan ayudarlo. Ustedes son el reencuentro con

Cuba, con su pasado, ustedes vienen de allá y lo alejan de su presente, al que desgraciadamente nunca se ha adaptado. Eso le hará bien. En realidad, creo que todo el problema de Tomás se reduce a una sola cosa: tristeza, una tristeza permanente que lo lanza a la autodestrucción. Espero que con ustedes aquí la cosa va a mejorar. Seamos positivos y no se preocupen, dejen el asunto médico en mis manos y en la de los especialistas. Ustedes están acabados de llegar y necesitan descansar y comprender lo que pasa alrededor de ustedes, comenzar a pensar en ustedes mismos y en cómo resolver sus propios problemas, no cargarse con los ajenos, los de Tomás. Eso lo resuelvo yo, para eso soy su amigo. Además, ya estoy acostumbrado, llevo años cargando con él.

Pero Lourdes no quedó satisfecha e insistió:

—¿Se va a morir?

—Por Dios, no, claro que no. Es sólo una sobredosis. Eso pasa todos los días aquí, o en cualquier otra ciudad de este país. Le sucede a ricos y famosos y a muertos de hambre.

—Si me estás engañando nunca más te miraré a la cara —advirtió Lourdes.

—Pues tendrás que seguir viéndola por muchos años: Tomás no se va a morir.

Nadie habló más durante el trayecto. Cuando llegamos a casa de Emilia, Tony ni siquiera se bajó del automóvil. Se marchó rechinando las gomas y a tanta velocidad como la que usó en llegar.

Nos gritó desde el Jaguar:

—¡Esperen mi llamada y estén listos para ir a comer!

Tuti nos recibió saltando y ladrando como si nos conociera de toda la vida.

Lourdes se me anticipó y fue directo al bar: Bacardí con hielo, poco hielo y mucho Bacardí. Tal vez así comenzó Tomás a solucionar sus problemas: a golpe de Bacardí con hielo, lo cual es una manera poco recomendable para resolver cualquier dilema.

En ese momento, mientras se servía el Bacardí, me di cuenta de que había traído de casa de Tomás un fajo de cartas amarrado con una cinta negra. Lo dejó sobre el mostrador del bar para servirse.

Yo la miraba desde la silla que había ocupado y le pedí que sirviera un trago para mí.

—¿Lo mismo?

—Lo mismo.

Lourdes cogió otro vaso, todo esto sin decir una palabra, y preparó mi trago dejando de nuevo el paquete de cartas sobre el mostrador. No trató de ocultarlo en ningún momento. Así que evidentemente buscaba que yo indagara por él. Pero no lo hice de inmediato, sólo porque me gustaba extender un poco más el juego, disfrutar de las tácticas, los movimientos sutiles.

Nos sentamos uno frente al otro, ella con el paco de cartas en el regazo, sorbiendo su trago, un tanto ausente. Yo decidí mantenerme en silencio y esperar por ella. Finalmente se decidió:

—¿Qué te parece todo?

—Hoy tuvimos una larga mañana. ¿A qué te refieres?

—A Tomás.

—Nunca había visto a nadie en esas condiciones —respondí—. Para mí las cosas más terribles las presencié en la prisión en Cuba. Puñaladas, suicidios, violaciones . . . Pero nada como una sobredosis.

—No sé si Tony está diciendo la verdad. Tal vez, en estos momentos, Tomás se está muriendo, o ya lo está. No esperaba encontrarlo así.

Ahí lancé mi primera estocada:

—Entonces esperabas encontrarlo.

—Sabía que Tomás estaba en Estados Unidos, pero no esperaba encontrarlo tan rápido. En realidad lo encontré más pronto de lo que pensaba.

—Para eso trajiste los teléfonos de Tony y Tomás anotados en *El baile del conde Orgel*. En realidad lo que traías en el cuerpo no era al conde, ni al diablo, sino a Tomás.

—No me recrimines —protestó Lourdes, pero sin mucha convicción—. No eches a perder nuestra relación tan bonita.

—Ya veo: de La Habana Vieja a Miami, el amor a través del Estrecho de La Florida. No está mal.

—Eres injusto; conozco a Tomás desde hace años, desde que éramos niños.

Cedí en ese momento:

—Me parece bien. Todo el mundo tiene su pasado aunque sea muy joven. ¿Y esas cartas? —pregunté señalando el paquete para complacerla.

—Las encontré en la mesa de noche de Tomás.

—¿Por qué las cogiste?

—Están dirigidas a mí, cerradas y con sellos puestos. Nunca las puso en correo.

—Por la cantidad es todo un epistolario.

—No te burles.

—No exagero, aunque en desuso, con esa cantidad de cartas Tomás puede confeccionar todo un tomo y publicarlo.

—No encontré el poemario.

—¿Lo buscaste?

—No lo encontré por ningún lugar.

—Tendremos que preguntarle a Tony.

Ya Lourdes había terminado su Bacardí y fue por otro. A ese ritmo, cuando regresara Emilia, tal vez tendría que surtir de nuevo el bar. Pero esta vez Lourdes no se sentó frente a mí. Siguió derecho a su cuarto sin mirarme.

—¿Vas a leerlas a solas? —le pregunté cuando pasó frente a mí.

—Tal vez nunca lo haga.

—Lo dudo; para lograr eso tendrías que tomar demasiado Bacardí con hielo.

No se molestó en contestar. Después escuché la puerta de su cuarto cerrarse de un solo golpe.

XV

Tony llegó unas dos horas después. No avisó su llegada por teléfono como nos había prometido, así que a mí me sorprendió dormitando en un sofá de la sala y a Lourdes en su cuarto, encerrada, tal vez leyendo las cartas nunca enviadas por Tomás. Tras un breve saludo Tony pasó a explicarme que estaba muerto de hambre —en realidad ya eran pasadas las cinco de la tarde— y que entre Tomás, el abogado y el contador, el día se le había ido de las manos, sobre todo por la inoportuna sobredosis de Tomás. Toqué ligeramente en la puerta del cuarto de Lourdes y le avisé que ya Tony estaba en la casa. A los pocos minutos Lourdes salió del cuarto, vestida y despejada, sonriente.

Así que nos fuimos a un restaurante típicamente cubano, el Versailles, ubicado en la famosa Calle 8. La mayoría de los comensales eran cubanos —se les notaba cuando hablaban— aunque muchos norteamericanos, ya conocedores de la comida cubana, ocupaban algunas mesas con su sonoro inglés como para recordar que Miami, a pesar de todo y de las múltiples oleadas migratorias, seguía siendo parte de la Unión.

Nos despachamos a las dos manos. Yo pedí bacalao a la vizcaína. Lourdes pidió tasajo con boniato y Tony, para mantener "la línea", se limitó a una suculenta ensalada y a un filete de pargo a la parrilla. Lourdes y yo acompañamos la comida con cerveza, Tony con vino blanco.

Después del café, Tony nos explicó que nos dejaría en casa de Emilia y que seguiría para la suya, a la cual nos invitaba formalmente a pasarnos unos días cuando terminara unos asuntos que lo tenían muy ocupado. Sobre Tomás no se habló una palabra. Ni siquiera Lourdes preguntó cuándo salía del hospital. De seguro algo encontró Lourdes en las cartas, algo que la obligaba a encerrarse en sí misma, aunque no dejara traslucir el más mínimo sentimiento.

A la salida del restaurante nos esperaba el consabido expressway que nos llevó, en unos quince minutos, a casa de Emilia. Tony se despidió de nosotros dentro del automóvil y esperó a que entráramos y cerráramos la puerta para marcharse. Tuti, como siempre, se revolcó por el piso de alegría con nuestra llegada.

Lourdes, sin decir una sola palabra, se encerró de nuevo en su cuarto. Yo ni intenté hablarle porque en realidad no sabía lo que estaba pasando. Así que me fui a mi habitación y comencé a releer las páginas de mi novela que se salvaron de la travesía por el Estrecho de La Florida. Eran, entre todas, unas ochenta y tantas cuartillas de diferentes capítulos. Después de evaluar lo que se había salvado, comprendí que no me sería difícil rehacerla. El hilo de la trama lo tenía perfectamente claro en mi cabeza, sólo necesitaba una máquina de escribir y un paquete de hojas. En una de las habitaciones había visto una computadora, artefacto completamente desconocido para mí y, de acuerdo a lo que me había contado Tony, para encontrar una máquina de escribir sencilla, como la que yo usaba en Cuba, tendría que revisar las casas de antigüedades. Así que tendría que consultar a Tony qué hacer para poder seguir escribiendo. Por lo pronto, me fui a la habitación de la computadora y cogí un block de hojas rayadas, amarillas, y un bolígrafo. Regresé a mi cuarto y comencé a hacer anotaciones. Pero pronto comprendí que el hecho de que ya yo no estuviera en La Habana cambiaba por completo el punto de vista. La posición geográfica —sobre todo el influjo político— me hacía ver las cosas de otra manera. Ahora comprendía que los postulados de mis novelas, escritos en La Habana, constituían un reto suicida a la dictadura, pero desde aquí, desde la seguridad de Miami, quedaban sin sentido, se trataba de otro contexto y el valor de algo dicho allá disminuía al decirlo acá. Eso era un problema, un serio problema. Lourdes, al involucrarme en esta mudanza de país, había mudado mi vida entera. Ahora lo comprendía, tal vez tarde. Nunca debí montarme en esa balsa y nunca debí permitir que mi plan de escribir desde Cuba variara. Si miraba atrás sólo veía un puente roto en medio del Estrecho de La Florida, un vaso comunicante que no era tal y que no conducía a parte alguna, sólo a las aguas turbulentas y llenas de tiburones donde reposaban Johnny y Raúl. La solución no era fácil. ¿Desechar todas esas páginas? ¿Tirarlas a la basura y comenzar de nuevo? ¿Escribir mi tragedia, si realmente era una tragedia? ¿La de Lourdes atrapada entre cartas que nunca le enviaron a Cuba y que tal vez nunca debió leer? ¿La de Tony? ¿La de Tomás y sus drogas? ¿Hablar de Emilia y su amor a la vida a pesar de todo lo que pasó? ¿Tal vez escribir sobre Johnny y Raúl, protagonistas ausentes con el peor de los papeles: ser los muertos de la historia?

La dictadura había distorsionado los valores literarios nacionales al someter a los escritores al mero lugar de asalariados del pensamiento político. Y a los opositores, a los que escribían como yo, también los había destruido porque los obligó, por rechazo al control totalitario, a escribir con la punta del lápiz dirigida contra el poder. Para que las cosas tomaran su lugar natural bajo el sol tendría que pasar algo grande, algo tan grande que, como un cataclismo superior, abofeteara el rostro de todo un país y lo sacara de su estancamiento. Yo, enredado en la madeja de mi propia vida y la de Lourdes y sus dos muertos —¿mis dos muertos?—, Johnny y Raúl, ya no sería el mismo nunca más. Así que decidí hacer lo que quería hacer en ese momento y no preocuparme por las consecuencias. Estrujé las hojas sobrevivientes del naufragio en el Estrecho de La Florida, fui a la cocina y las boté en el cesto de la basura. Me serví un Pinch, del que había tomado Tony, con un cubo de hielo. Lo tomé rápidamente, de un par de tragos, y fui a la puerta del cuarto de Lourdes. Accioné el picaporte y no cedió: estaba asegurado por dentro. Así que me alejé de la puerta para coger impulso, me tiré contra ella y al tercer empujón la saqué del marco en estruendoso reventar de astillas y bisagras. Lourdes, desde la cama, me miró asombrada sin comprender qué sucedía. Me limité a una sola frase de siete palabras:

—Te voy a violar cuantas veces quiera.

XVI

Dejé a Lourdes en su cuarto y me fui a dormir al mío. Todo sucedió como quise y cuantas veces quise. No hubo resistencia, ni llanto, ni recriminaciones, ni una sola palabra. Ya en mi cama, con la luz apagada y para mi sorpresa, la puerta del cuarto se abrió; era Lourdes, desnuda, que se paró frente a la cama y me dijo:

—Ahora soy yo la que te va a violar.

Nos quedamos dormidos abrazados, sin decir una palabra, hasta que los ladridos de Tuti me despertaron. El timbre de la puerta sonaba con insistencia. Lourdes se tapó la cara con la almohada y siguió durmiendo. Fui yo el que abrió.

Tony, acompañado de Tomás —vestido, bañado, afeitado, con ropa limpia y con todas las apariencias de estar cuerdo—, me saludó sonriente:

—Ya estamos de regreso del infierno.

Tomás me extendió la mano y estrechó la mía con fortaleza:

—Mucho gusto —me dijo—. Tony me contó que usted vino de Cuba con Lourdes en la misma balsa, que es escritor y que se acuesta con ella. Espero que podamos ser amigos.

Le respondí que yo no tenía inconveniente y les ofrecí un café. Ambos aceptaron y disfruté la intranquilidad de Tomás que no se decidía a preguntar por Lourdes. Finalmente me apenó y le indiqué que fuera a verla al dormitorio mientras yo preparaba el café:

—Segunda puerta a la izquierda; está sin seguro.

Tomás desapareció por el pasillo y Tony y yo quedamos solos en la cocina. La tensión se sentía en cada gesto de los dos. Cuando el café estuvo listo, para que Tony comprendiera que yo no quería molestar, sólo serví dos tazas, una para él y otra para mí, y me senté en el sofá de la sala. Tony me siguió y me preguntó por La Habana, cuán destruida estaba, si seguía siendo la ciudad nocturna y parrandera que siempre fue. Le dije que sí y le referí que, según había leído en un diccionario de palabras indo-antillanas, Habana significa "la más hermosa cesta".

La Habana fue, y sigue siendo, el centro de todo el transcurrir histórico de Cuba. A ella corresponde el honor de ser la ciudad que proyectó al cubano dentro del concierto internacional haciendo del habanero un cosmopolita aventajado, un hombre de pupilas llenas de paisajes citadinos con su propio sello, sin ánimos de competencia, manías de grandeza ni complejos de inferioridad porque tiene sus propios adoquines y campanarios, columnas y fuentes, respiración y sueño de ciudad, columnatas, monumentos, castillos y fortalezas.

—No lo dudes, Tony, La Habana sigue siendo lo que era a pesar de la dictadura: una hermosa dama de sonrisa grácil y cuerpo de rítmico andar hermanado con las olas.

Y seguí con mi discurso a favor de mi ciudad natal, urbe capitalina de sol a sol, incluyendo la noche. Los mismos tejados, frontispicios de piedra y rejas barrocas que se calientan y brillan bajo la luz del sol durante el día, son los que de noche se humedecen de rocío y generan la ligera bruma —invisible para el aficionado y omnipresente para el profesional de la noche habanera— que cubre la ciudad como un velo que disimula cualquier cosa que suceda bajo su cielo tolerante en exceso, siempre a pesar de la dictadura. El errático diseño de sus calles y avenidas lejos de inconveniente es misterio hecho urbanismo, laberinto para el foráneo, trampa para el que llega con malas intenciones buscando vengar con odio el amor que no conquista, al tiempo que es guía segura a los más recónditos secretos para el nativo. La Habana tiene su propia maldición para quien intenta dañarla y es el triste destino reservado para el que ama a una mujer que no lo corresponde. Los resentidos de amor por la ciudad vagarán por siempre añorando lo que nunca tuvieron y siempre pretendieron aunque los entierren en el fastuoso Cementerio de Colón. Y los que la abandonan tienen que cargar con la maldición de siempre recordarla.

—Doy la vida por regresar a La Habana —dijo Tony con amargura—. No puedes imaginar lo que extraño mi ciudad.

—¿No te va bien aquí?

—Yo diría que muy bien. No me puedo quejar, pero cuando el tiempo pasa viene la memoria con sus trampas, la añoranza . . . Esa es la maldición del exiliado.

—¿Estás adaptado a vivir aquí?

—Soporto el café americano, hablo inglés, tengo propiedades y ya no puedo vivir sin aire acondicionado central, pero lo que se dice adaptarse no lo he logrado —y agregó—: De hecho, no conozco a nadie, por muchos años que lleve aquí o en cualquier otro estado, que se sienta completamente parte de Estados Unidos. No sé qué pasa con los cubanos que vivimos aquí. Tal vez sea que no somos exiliados "full time", que llegamos aquí esperando regresar pronto a Cuba, como si el exilio fuera sólo un accidente en nuestras vidas. Y parece que no es así, parece más bien que el exilio va a ser nuestra vida definitiva.

—¿Y los hijos de los cubanos que nacen aquí?

—Eso es otra cosa. Como estudian aquí desde niños y el inglés prácticamente es su primera lengua, toman rumbos diferentes a los de sus padres. Terminan como profesionales con sus propios intereses, sus propias familias y sus propios recuerdos. Esos no son exiliados, sencillamente son hijos de exiliados.

—¿Y Tomás?

—Ése no está adaptado a nada, ni lo estuvo en Cuba ni lo está aquí. Es un caso perdido. Su problema es con la vida.

—¿Nunca estuvo bien, nunca trabajó?

—Nada, nunca hizo nada. Desde el primer momento lo rechazó todo y se entregó por completo a las drogas. Creo que si no fuera por mí ya estuviera muerto.

—¿Y Lourdes?

—No te entiendo. Ella acaba de llegar.

Encendí un cigarro y me expliqué:

—Lo que quiero saber es si allá, en Cuba, era un caso como el de Tomás.

—Eran la pareja perfecta —respondió Tony—. Sólo sexo y drogas. Allá eran pastillas y alcohol. Pero Tomás, aquí, ha pasado por todo y por lo peor. Espero que a Lourdes no le pase nada, que no se contamine y que ayude a Tomás a salir del agujero.

Fue a la cocina y traje más café para los dos. Tony me dio, casi en un susurro, un consejo:

—Creo que Lourdes no es de nadie, y si es de alguien, es de Tomás. Olvídala.

Lourdes y Tomás salieron del dormitorio después de un tiempo que alcanzaba perfectamente para hacer el amor. Y por el brillo de los ojos de Lourdes y la distensión en el rostro de Tomás, hubiera apostado a que sí hicieron un amor rápido, fogoso, memorable y que de seguro les dejó el deseo de repetirlo. Además, se sentía la tensión. Tony trató de distender los ánimos hablando de temas variados, muchas veces sin sentido, hasta que propuso que hiciéramos un barbecue para el almuerzo.

Ese sistema de hacer la carne, o el pollo, en las parrillas al aire libre, era nuevo para Lourdes y para mí. De hecho, tener carne y pollo suficiente también era nuevo para nosotros. Y cuando Tony dijo que había que comprar carne para la parrillada, Tomás se ofreció a ir al mercado. Lourdes se le sumó de inmediato alegando que todavía tenían muchas cosas que hablar. Tony le entregó cincuenta dólares a Tomás junto con la llave del Jaguar. El mercado estaba a unas cuatro cuadras. Cuando ya se marchaban, Tony agregó que no olvidaran comprar carbón vegetal.

Cuando se marcharon Tony propuso que nos bañáramos en la piscina.

—Tenemos un día magnífico —dijo.

Y era verdad. El sol reventaba en la superficie del agua con una fuerza inusitada. Cuando me tiré al agua comencé a nadar con furia hasta que me olvidé de todo. Tony me observaba desde el borde de la piscina con un trago en la mano. No sé si yo estaba alucinando, pero se me antojó que Tony era el hombre más triste de la ciudad. Por mi parte, tendría que evitar a toda costa convertirme en el segundo.

XVII

omenzamos a preocuparnos cuando pasaron tres horas y no habían llegado. En realidad ir y regresar al mercado, incluyendo las compras y la espera ante la caja contadora para pagar el importe, no consumía más de treinta minutos, según me dijo el propio Tony. Pero él le restó importancia al asunto. Yo pensé, y de seguro Tony lo hizo igual, que la pareja recién encontrada había aprovechado el pretexto de las compras para darse una escapada hasta algún motel cercano.

Cuando pasaron tres horas y media el nerviosismo de Tony era evidente y no paraba de mirar el reloj.

—¿Crees que les haya pasado algo?

—Tomás no se comporta así. Es un loco, pero muy formal dentro de su locura. De cambiar el plan me hubiera llamado al teléfono portátil porque se sabe el número de memoria.

—Tal vez precisamente no quiso llamar —aventuré.

—Sé lo que estás pensando, pero no lo creo. Incluso en ese caso, Tomás me hubiera llamado y me lo hubiera dicho para no preocuparme. Hemos tenido muchas discusiones por eso y desde hace tiempo es muy formal, al menos en ese sentido, quiero decir.

Tony decidió que lo mejor era ir al mercado —ubicado a una distancia que podía cubrirse a pie— y averiguar con las empleadas de las cajas contadoras.

Pero en ese momento repicó el teléfono portátil de Tony.

—¡Ahí está él! —exclamó Tony y se lanzó sobre el teléfono.

Yo sólo pude escuchar la parte de acá del diálogo, en la cual Tony confirmó que él era él, Antonio Manzano, dueño del Jaguar negro con chapa número tal y tal, hasta que el teléfono se le cayó de las manos y rompió a llorar.

Después se supo todo en detalle a través de la reconstrucción que hizo el departamento de policía de la ciudad. De hecho, Tomás y Lourdes habían cumplido la primera parte. Estuvieron en el mercado —se supo por las mercancías en el maletero y el vale con el precio— y compraron carne para hacer churrascos a la parrilla y carbón vegetal. Después se detuvieron en una tienda de venta de bebidas alcohólicas y compraron una botella de vodka Gordon y una cajetilla de cigarros Marlboro con filtro. Consumieron la mitad de la botella durante el trayecto hacia Cayo Hueso. La autopsia reveló que los dos estaban reventando de cocaína. No se pudo descubrir si Tomás la traía encima o si se detuvieron en algún lugar para adquirirla. Los médicos forenses también determinaron que habían hecho el sexo dentro del automóvil. El choque se produjo poco antes de llegar a Key Largo —el cayo donde se filmó la famosa película del mismo nombre— y la muerte fue fulminante a pesar de las bolsas de aire. De acuerdo a los técnicos de la policía, Tomás perdió el control del Jaguar —el nivel de cocaína y alcohol de su cuerpo le imposibilitaba conducir— cuando alcanzó una velocidad de entre setenta y setenta y cinco millas. Un enorme laurel detuvo la carrera de la pareja y convirtió al veloz Jaguar —que no estalló en llamas— en un amasijo de hierros torcidos. Los dos estaban completamente desfigurados y el Jaguar fue pérdida total.

Tony se hizo cargo de los funerales de los dos, muy costosos, y pagó por dos lápidas iguales con sus nombres. En el entierro, cuatro días después, sólo estábamos Tony y yo, cada uno con un ramo de flores. Eran dos muertos muy solitarios, o tal vez no, tal vez en vida fueron solitarios y ahora en la muerte estaban acompañados para siempre.

Yo decidí seguir viviendo en casa de la tía de Lourdes —a quien no le había avisado a París de lo ocurrido— hasta que ella regresara. Después me iría para casa de Tony, que se había ofrecido a darme refugio hasta que yo pudiera valerme por mí mismo. Pero el día anterior a la llegada de Emilia cambié de idea. Recogí mis pocas cosas, redacté una nota donde explicaba lo ocurrido y la dejé pegada en la puerta del refrigerador. Le eché suficiente comida y agua a Tuti y le pedí a Tony que me viniera a buscar. Así se hizo.

Cuando finalmente llegué a casa de Tony me encerré con un trago de whisky en la habitación que me había destinado. Ante mí tenía el ejemplar de *El baile del conde Orgel* —el único recuerdo que tenía de Lourdes además de uno de los pulsos que usaba— y hacia atrás quedaba una treintena de días que muy bien podían catalogarse de los peores de mi vida. El viaje que comenzó en la noche vigilada de La Habana había terminado en dos lápidas idénticas, en un cementerio ajeno, con dos muertes que nada significaban para un Miami que seguía su paso veloz a través de la maraña de carreteras de alta velocidad. Un poco antes otros dos cadáveres se habían sumado a mi memoria: Raúl y Johnny, sepultados bajo el Estrecho de La Florida. Así que el fatídico encuentro en el restaurante El Patio de la Habana Vieja me había proporcionado cuatro muertes de las que ninguna era responsable, pero tendría que cargar con ellas para el resto de mi vida.

Cuando la noche cayó sobre Miami yo seguía encerrado en mi habitación. Tony tuvo la delicadeza de no molestarme: él también tenía sus muertos, que coincidían con los míos. Afuera, en la oscuridad rota en algunos sitios por los faroles del alumbrado público, la noche era tan negra como la de La Habana y me comunicaba con los insomnes "de allá", del otro lado del Estrecho de La Florida. Pensé en Emilia, la tía de Lourdes, y me apené. Sólo pudo disfrutar a su sobrina unas escasas venticuatro horas. En la nota que le dejé le expliqué con claridad dónde podría encontrar su tumba.

El amanecer me sorprendió despierto y escuché a Tony deambular por la casa. Tal vez él tampoco pudo dormir esa noche, o sencillamente se levantó temprano. No salí del cuarto hasta que escuché alejarse el ruido del motor de su nuevo Jaguar. Cuando me sentí seguro —¿temeroso de qué?— salí de la habitación y fui directo al jardín trasero de la residencia. El sol saltaba en las plantas ornamentales que se movían al viento, pero todo me era ajeno. Mis noches vigiladas serían, a partir de ahora, observadas por otros ojos, y los días sólo servirían para esperar las madrugadas que me tocaran en esta ciudad vecina de la mía y cercada por el mar, la muerte y la vigilia.